CB064442

Clássicos
GÓTICOS

EDITORA
NOVA
FRONTEIRA

A volta do parafuso
Henry James

TRADUÇÃO Olivia Krähenbühl • 2ª edição

Título original: *The Turn of the Screw*

Direitos de edição da obra em língua portuguesa no Brasil adquiridos pela Editora Nova Fronteira Participações S.A. Todos os direitos reservados. Nenhuma parte desta obra pode ser apropriada e estocada em sistema de banco de dados ou processo similar, em qualquer forma ou meio, seja eletrônico, de fotocópia, gravação etc., sem a permissão do detentor do copirraite.

Editora Nova Fronteira Participações S.A.
Rua Candelária, 60 – 7º andar – Centro – 20091-020
Rio de Janeiro – RJ – Brasil
Tel.: (21) 3882-8200 – Fax: (21) 3882-8212/8313

Ilustrações de capa e boxe: Stefano Marra

CIP-BRASIL. CATALOGAÇÃO NA PUBLICAÇÃO
SINDICATO NACIONAL DOS EDITORES DE LIVROS, RJ

J29v James, Henry, 1843-1916
2. ed.   A volta do parafuso / Henry James; tradução Olivia Krähenbühl. - 2. ed. - Rio de Janeiro: Nova Fronteira, 2019.
     (Box Clássicos Góticos)
   160 p.
   Tradução de: The Turn of the Screw
   ISBN 978.85.209.4392-2

   1. Ficção americana. I. Krähenbühl, Olivia. II. Título. III. Série.

  19-55240   CDD: 813
              CDU: 82-3(73)

Henry James e *A volta do parafuso*

O grande escritor Henry James nasceu norte-americano, em Nova York, e morreu inglês, em Londres. Simbolicamente, não se poderia ser mais americano de nascimento, nem mais britânico pela sepultura. A sua vida inteiramente dedicada às letras — 73 anos incompletos — passou-se quase toda na Europa: contando as viagens, os períodos juvenis de estudos feitos nesse mesmo continente que ele tanto admirava, e o longo período de fixação definitiva (interrompido por raras e breves visitas à pátria natal), bem cinquenta anos dela. Com justificadas razões, ambas as literaturas anglo-saxônicas o reclamam como figura ímpar, honra e glória de uma literatura. O seu caso é muito semelhante ao do poeta T.S. Eliot, também norte-americano de origem e hoje um dos maiores e mais respeitados vultos da Inglaterra. Igualmente, Eliot tem lugar proeminente em ambas as histórias literárias, e estas, com efeito, tal como sucede (ainda que menos) com Henry James, não podem, nenhuma delas, ser compreendidas sem a sua presença influente. Todavia, quer-nos parecer que, se originariamente personalidades como James ou Eliot só poderiam ter sido produzidas pelos Estados Unidos da América (pelo menos em certo período da sua história), a verdade é que essas mesmas peculiaridades nacionais que os expatriaram voluntariamente seriam, sem dúvida, a garantia de que eles, expatriando-se, viriam a ser não só "expatriados" (e é esta uma categoria muito frequente na cultura americana), mas "britânicos". A cultura inglesa tem tido este poder atrativo, e um dos maiores escritores da Inglaterra (e não apenas escrevendo em inglês) é o polonês Joseph Conrad, que se deixou seduzir por ela já na idade madura. Em contrapartida, a cultura norte-americana tem sido largamente "segregacionista", não só no fato de grandes figuras se oporem criticamente a ela, mas também no curioso fenômeno de muitos dos maiores escritores e homens de pensamento norte-americanos se terem sentido "exilados" no seu próprio país, ou se haverem exilado espiritualmente ou de fato. Isto não significa, de modo algum, que a literatura norte-americana não tenha lutado sempre por uma integração na problemática peculiar de um tão vasto e complexo país como o seu, ou que não tenha conseguido ser, em pouco mais de um século, uma das mais importantes e brilhantes do mundo, independentemente do prestígio que lhe advém de ser a literatura de uma das maiores potências político-econômicas dos nossos dias. É que isto resulta de toda a situação histórica que é típica do desenvolvimento desse país. Examinemo-la, enquadrando nela Henry James.

Quando o escritor nasceu, em 15 de abril de 1843, os Estados Unidos da América estavam em pleno processo de expansão territorial no continente, e, graças aos "pioneiros", a fronteira ocidental do país progredia rapidamente em direção ao Pacífico. Mas o expansionismo não era apenas essa aventura das pradarias e das montanhas e a resistência dos índios, exterminados impiedosamente. Em 1845-48, os Estados Unidos arrancavam ao México vastíssimos territórios, em consequência de uma guerra que colocava o país ao sul numa situação trágica de que só emergiu após décadas sangrentas de lutas civis. Em 1854, os Estados Unidos estavam presentes, ao lado das outras potências europeias, na abertura do Japão ao comércio ocidental; em 1893, ocupavam as ilhas do Havaí, que lhes deram o domínio do Pacífico setentrional; derrotando a Espanha, em 1898, dominavam as Caraíbas e, em 1902, instalavam-se nas Filipinas; e, desde 1840 que, também ao lado das potências europeias, lutavam por uma supremacia político-econômica no grande império Chinês, que, na revolução republicana de 1911, sucumbiria ao peso da sua corrupção centenária e das incomensuráveis exigências do "ocidente".

Na Europa, quando Henry James era uma criança, as Revoluções libertárias de 1848 haviam deparado com uma reação firme, consubstanciada nos impérios germânico e austríaco e, em 1852, no império francês de Napoleão III. E as potências europeias, ao mesmo tempo que se digladiavam em guerras mais ou menos localizadas (Crimeia, 1854;

franco-alemã, 1870-71; russo-turca, 1877; balcânicas, 1912-13) pela supremacia continental ou pelo equilíbrio de forças, lançavam-se numa corrida colonialista à frente da qual caminhava a Inglaterra da rainha Vitória, que subira ao trono em 1837. A Ásia, a África e a Oceania são palco de campanhas de conquista e de ocupação que culminam na consolidação de imensos impérios coloniais (novamente repartidos e ampliados na Primeira Guerra Mundial de 1914-18), de que a Segunda Guerra Mundial iniciaria o processo de liquidação. Os Estados Unidos, de 1861 a 1865, foram dilacerados pela terrível guerra civil oriunda da secessão dos estados do sul, da qual Henry James, isento por doença, não participou. E, em 1871, o levante da Comuna de Paris, subsequente à derrota do Segundo Império Francês ante o ímpeto prussiano, foi sangrentamente esmagado pela França republicana, liberal e colunista, com o apoio das próprias tropas alemãs.

O aspecto sórdido e sanguinário do mundo em que viveu Henry James foi este. Mas o aspecto luminoso foi muito outro. De 1871 a 1914, as aristocracias de sangue e de dinheiro constituem, no mundo ocidental, uma grande família, enriquecida pelo comércio e pela indústria, gozando de relativa estabilidade política, detentora do imenso conforto e do requinte que a Revolução Industrial pusera ao seu dispor. É a *Belle Époque*, elegante, educada, civilizada, das operetas vienenses, dos cabarés de Paris, da solidez do Banco de Inglaterra. Há lutas, há miséria, há guerras balcânicas e coloniais. Mas é possível viver-se dos rendimentos, ignorando tudo isso.

Henry James era irmão de William James (que seria um dos maiores, senão o maior, filósofo norte-americano, criador do "pragmatismo" que tamanha importância assumiria na mentalidade do país), filho de outro Henry James (filósofo também, e uma das mais curiosas personalidades do seu século) e neto de outro William James, que, da sua Irlanda natal, viera em 1793 fixar-se na cidade de Albany, Nova York, onde, dedicando-se ao comércio, fizera uma fortuna prodigiosa que dispensou ainda os seus netos de quaisquer preocupações financeiras. Henry James é um exemplar típico da alta sociedade da sua época; essa sociedade que, nos seus romances e contos, ele retratou e idealizou como ninguém. O pai (1811-1882), que foi pensador de mérito, professor e sequaz ardente do taumaturgo e místico sueco Swedenborg (1688-1772), desejou educar os filhos — e podia fazê-lo — para serem "cidadãos do mundo". Se o religiosismo ocultista de Swedenborg destruíra no velho William o calvinismo severo e ortodoxo do comerciante de Albany, que morrera fiel ao presbiterianismo da sua ascendência escocês-irlandesa, a educação viajeira e cosmopolita deu aos seus filhos uma independência de espírito que, no caso do sensível Henry, produziu um requintado apátrida, "cidadão do mundo" burguês e refinado daquela época. Henry James nada parece ter aceitado do misticismo de seu pai, salvo uma aguda percepção do misterioso e da delicadeza espiritual, um angelismo típico que se reflete na conduta e nas preocupações das suas personagens, uma visão rarefeita das relações humanas — o que a crítica jamesiana não tem posto em relevo. Aos 12 anos, Henry James parte com a família para a Europa, e os seus estudos — dispersos e ecléticos — são feitos, durante três anos, em Genebra, Londres, Paris e Bolonha, onde a família se fixa algum tempo. Após um regresso à América, logo em 1859 e em 1860 o adolescente Henry James está de novo na Suíça, e depois em Bona, na Alemanha. Nos fins desse ano, os James estabelecem-se em Newport, na América, de onde se mudam para Boston (1864) e para Cambridge (1866). Esta última cidade Henry James sempre considerou o seu *american home.* Em 1862, matricula-se na Faculdade de Direito da Universidade de Harvard, a mais antiga universidade americana (a sua origem data da época colonial — 1636). Os interesses do jovem oscilam, porém, entre a matemática e o desenho, por um lado, e a literatura, por outro. O fascínio de mestres como Charles Eliot Norton (1827-1908), crítico e professor, uma das mais poderosas influências educacionais da vida intelectual norte-americana pelo impulso que imprimiu aos estudos em Harvard, e como William Dean Howells (1837-1920), considerado o pai do realismo literário nos Estados Unidos, é decisivo na escolha de Henry James: dedicar-se-á à literatura. E assim foi desde 1865, quando críticas e contos seus começam a aparecer em revistas literárias, até 28 de fevereiro de 1916, quando se extinguiu em Londres. As viagens pela

Europa, as visitas aos Estados Unidos, o raro e seleto convívio com alguns intelectuais são, numa vida transformada em prosa magnífica, os únicos acidentes, além dos naturais desgostos da perda de pessoas de uma família que era muito unida, mesmo com o Atlântico de permeio. Henry James não casou nunca, não se lhe conhecem paixões ou aventuras e, ao contrário de todo mundo, não se sabe que tenha jamais escrito um verso. A sua sensibilidade poética, como a sua vida, concentrou-se por completo na criação de um mundo romanesco, de cujos problemas técnicos ele teve, como crítico, a mais lúcida compreensão.

Em 1865, a literatura norte-americana estava numa encruzilhada, após uma gloriosa floração que se seguira à transformação propiciada pela independência política da Federação. Às figuras do período colonial — uma Anne Bradstreet, um Philip Freneau, os políticos Benjamin Franklin e Tom Paine, dois dos maiores artífices da Independência — havia sucedido uma plêiade de escritores muito europeus pela cultura e pelo depurado ou complexo estilo, que ainda hoje contam entre os maiores da América e, alguns, do mundo, pela imensa influência que tiveram na evolução da literatura universal: Charles Brockden Brown, Washington Irving, Fenimore Cooper, Augustus Longstreet, o historiador Prescott, Longfellow, o filósofo Emerson, Thoreau, Hawthorne, e os gênios que foram Edgar Poe, Walt Whitman, Herman Melville. O americanismo de todos eles é mais de fatalidade das circunstâncias e de esforço nacionalizador da literatura — Whitman é, conscientemente, o cantor de uma democracia ideal e libertária que a formação dos *trusts* e do imperialismo econômico não tardaria a deturpar — que, propriamente, fruto e agente de uma integração num país em que, pelo crescimento portentoso, o abismo entre a alta cultura e a grande massa migratória (alheia a uma cultura de raiz puritana e anglo-saxônica) se iria cavar cada vez mais. Precisamente, a geração de Henry James — constituída, com ele, pelos maiores escritores da América, como o já citado Howell, o crítico Henry Adams, Mark Twain, Bret Harte, Sarah Orne Jewett, Ambrose Bierce — teve que escolher entre uma forma idealizada ou realística de, continuando na América, investigar a realidade norte-americana (e foi o que fizeram Twain e Harte) e o "exílio" real ou espiritual (atitude que é a de Adams e de James). A um americanismo idealizado de habitantes ricos e cultos da Nova Inglaterra, ignorantes ou desinteressados da expansão territorial do Sul e do Oeste, Henry James opôs o sonho de um europeísmo igualmente idealizado, e foi da oposição entre estas duas idealizações que ele teceu a maior parte da matéria dos seus livros. Mas, tecnicamente, as admirações que o marcam na juventude são amplas: os seus primeiros estudos, revelando admiração pela inglesa George Eliot, pelo francês Balzac e pelo americano Hawthorne, logo colocavam as suas ideias sobre ficção num contexto universal, em que a América se dilui e não é, positiva ou negativamente, uma influência decisiva.

Em 1869, James viaja para a Europa. Dois anos depois, *Um peregrino apaixonado* é a sua primeira obra pessoal em que, do espírito de Hawthorne, Henry James se traduz já para o mundo europeu, que, em britanização constante, será o seu. De 1870 a 1872, reside novamente em Cambridge (EUA) e, logo depois, passa dois anos na Europa, regressando em seguida aos Estados Unidos. À parte breves visitas à América, foi este o seu último regresso. A América já não era mais a da sua juventude, uma sociedade elegante e refinada que tinha dinheiro para comprar, por gosto e não por ostentação, o melhor da Europa. E é no Velho Mundo que Henry James, em 1875, decide fixar-se definitivamente. Hesita. Escolherá Paris, centro do mundo, onde pontificam dois amigos que tanto admira, Flaubert (1821-1880) e o russo Turguêniev (1818-1883), dois dos criadores do romance moderno, ao mesmo tempo realista e psicológico, que ele deseja fazer? James é demasiado inglês para tanto: será Londres, a Londres imperial, pomposa e solene, onde viverá os últimos quarenta anos da sua vida. Entre 1881 e 1883 faz duas visitas à América, para partilhar com os irmãos o desgosto da morte sucessiva de seus pais. É já o autor, admirado pelas elites, de *Roderick Hudson* (1876), *Daisy Miller* (1878), *Washington Square* (1881) *Retrato de uma senhora* (1881), que o classificam entre os recriadores da ficção que ele leva a uma perfeição artística e uma sutileza psicológica até então desconhecidas. Perambulações pela Europa, livros, amizades escolhidas e mais obras excepcionais (*The Princess Casamassima*, 1886; *Os papéis de Aspern*, 1888; *The Tragic Muse*, 1890) levam-no ao desgosto da morte, em 1892, de sua irmã Alice, que, após o falecimento dos pais, viera fazer-lhe companhia. Quando, nos anos 1890, o vitorianismo cultural entra em crise com os esteticistas e os "decadentes", James é já um mestre incontestado e respeitado que os novos se orgulham de ter a colaboração (1894-95) no famoso *Yellow Book*. *Os espólios de Poynton* e *Pelos olhos de Maisie*, duas obras-primas de pungente delicadeza, são publicadas em 1897. Nessa época, James tenta, sem êxito, o teatro, que o fascina. Em 1898, aparece o volume *The Two Magics* que contém *A volta do parafuso*, uma das suas mais extraordinárias novelas. Em 1904 volta à América, da qual, meses antes, dissera numa carta a um amigo: "A Europa deixou de ser romântica para mim, e o meu país tal se tornou; mas esta paixão senil também está, talvez, condenada a ficar platônica." Neste "platonismo" vai perdendo todos os laços com um mundo que não seja o das suas personagens hipersensíveis, hiperescrupulosas, filhas simbólicas de uma sociedade que está em vésperas de soçobrar. Em 1910 acompanha seu irmão, o filósofo, que regressava aos Estados Unidos de uma viagem pela Europa, e há então o desgosto terrível da morte de William James. Os dois irmãos haviam feito um pacto: o primeiro que morresse provaria ao outro a imortalidade da alma, ou pelo menos a sobrevivência relativa do espírito, aparecendo ao outro. Não consta que o filósofo tenha podido cumprir o pacto. Publicados já então os magnos romances que são *As asas da pomba* (1902), *Os embaixadores* (1903) e *A taça de ouro* (1904), a carreira de James está praticamente encerrada. Entre 1913 e 1914, dedica-se a recordar a sua infância e a rememorar, em páginas comoventes, o irmão querido. Era, então, doutor *honoris causa* por Harvard (1911) e por Oxford (1912). E a tal ponto a Inglaterra o considera inglês que uma grande manifestação de intelectuais, por ocasião dos seus setenta anos, solicita-lhe que se deixe retratar, para a National Portrait Gallery, onde se arquivam as efígies de todos os grandes ingleses, pelo eminente pintor Sargent. Quando, em agosto de 1914, rebenta a Primeira Guerra Mundial, Henry James treme indignadamente pelo seu mundo que a "barbárie" germânica ameaça. Em sinal de protesto por os Estados Unidos não correrem prontamente em socorro do "espírito europeu", sublimado na Entente Cordiale da França e da Inglaterra, requer a nacionalidade britânica (1915). E, condecorado com a mais alta distinção inglesa, a Ordem de Mérito, morre a 28 de fevereiro de 1916, enquanto aquele século XIX ideal e fictício, que fora mais que de ninguém o seu, se atolava em sangue e lama nas trincheiras da Flandres. A Academia Sueca, que teve 15 anos para galardoá-lo com o Prêmio Nobel, como tivera dez para galardoar Tolstói, também não se lembrou dele.

As obras supracitadas são apenas uma pequena parte seleta de uma atividade imensa: contos, novelas, romances, crônicas, peças de teatro, críticas, ensaios, viagens, memórias, correspondência, constituem dezenas de volumes compactos (35, na edição de 1921-23, que está longe de ser completa). Mais que nos Estados Unidos, em cuja literatura é uma ave rara e exótica ("o mais alto espírito de artista que a América jamais produziu", disse um crítico), Henry James significou um momento decisivo da ficção europeia. Se Balzac, Turguêniev, Flaubert e George Eliot atingem nele a máxima perfeição, ele é o antepassado direto de gênios renovadores como Marcel Proust e Virginia Woolf.

A volta do parafuso, que foi levada ao teatro com êxito imenso (*The Innocents*), como aliás sucedeu com outras novelas de James (por exemplo, *Washington Square*) e depois transformado numa ópera magnífica pelo compositor inglês moderno Benjamin Britten, é, na estreiteza das suas dimensões, um compêndio do melhor e mais característico de Henry James. As preocupações experimentais como a adaptação de um estilo muito sutil à narrativa feita por uma personagem e a construção da obra pela técnica da narrativa dentro de outra narrativa estão nessa novela presentes. Mas também o estão a fascinação do horror e da complexidade da alma humana, a reticência extrema que alude a tudo sem dizer nada, a criação de uma atmosfera peculiar que hipnotiza tanto o leitor como as personagens, os escrúpulos e inibições tão vitorianos destas (levados quase a um absurdo em que nada há de angustioso que não fique subtendido) e, tema fundamental de James, a destruição da pureza e da integridade pelas forças obscuras que as ameaçam a todo o momento, tal como aquele mundo romanesco que ele imaginara estava ameaçado de morte pelo nosso tempo menos hipócrita, menos discreto, irremediavelmente menos aristocrático. Depois de James e de *A volta do parafuso*, já nada pertence à História, mas à nossa experiência de todos os dias: uma experiência em que, dolorosamente, procuramos reconstituir, em novas e mais humanas bases, aquela cidadania do mundo, da qual Henry James foi, com nobreza e com dignidade, um exemplo superior, pois que raras vezes um homem terá sido, tão honestamente, mais fiel a si próprio e ao melhor do mundo em que viveu.

A volta do parafuso

(Os inocentes)

I

A narrativa nos manteve suspensos junto ao fogo; e não fosse a observação, demasiado evidente, de que era sinistra, tal como, em essência, deve ser toda história contada em noite de Natal numa casa velha, não me lembro de qualquer outro comentário até que aconteceu alguém dizer que aquele era o único exemplo do qual tivera notícia onde um tal castigo havia recaído na cabeça de uma criança. O caso em apreço, permitam-me dizê-lo, dizia respeito a uma aparição numa casa velha — uma aparição de medonha espécie, surgida diante de um menino que dormia no quarto com sua mãe e que a acordou, apavorado; que a acordou não para dissipar o terror do menino e pô-lo novamente a dormir, mas para defrontar, ela própria, a mesma visão que o sacudira.

Foi essa observação que suscitou — não de imediato, mas em hora mais avançada da noite — uma certa réplica de Douglas, que provocou a estranha consequência para a qual chamo a vossa atenção. Um dos presentes contava uma história banal, mas Douglas não prestava atenção. A esse indício, compreendi que tinha alguma coisa a dizer e que só nos restava ter paciência. E paciência tivemos, duas noites consecutivas; mas na terceira, antes de nos separarmos, ele afinal revelou o que o trazia preocupado.

— Quanto ao fantasma de Griffin, ou seja lá o que for, reconheço que o fato de ele ter primeiro aparecido a um garoto de tão tenra idade acrescenta à história um traço todo peculiar. Entretanto, não é a primeira vez, que eu saiba, que uma criança aparece num exemplo desse gênero fascinante. Ora: se uma única criança imprime à vossa emoção mais um passe de tarraxa... que direis de *duas*?

— Diremos, naturalmente — exclamou alguém —, que duas crianças imprimirão mais dois passes de tarraxa... e que queremos ouvir o resto!

Ainda estou a vê-lo: Douglas se havia posto em pé e, encostado à lareira, as mãos nos bolsos, baixava o olhar para o interlocutor.

— Sou, até hoje, o único a saber. A história é demasiado horrível.

Naturalmente, muitas vozes se elevaram para declarar que isso conferia à coisa um valor inestimável, e o nosso amigo, preparando o seu triunfo com uma arte tranquila, fitou o auditório e prosseguiu:

— Vai mais longe que qualquer outra coisa. Que eu saiba, nada se lhe aproxima.

— Como impressão de puro terror? — ocorreu-me perguntar.

Ele parecia querer dizer que não era assim tão simples; parecia na verdade perplexo ante a necessidade de a qualificar. Passou a mão sobre os olhos e contraiu o rosto numa careta:

— Como horror. Como horror; é pavorosa!

— Oh! Que delícia! — exclamou uma das mulheres.

Douglas não lhe deu atenção. Olhou para mim, mas como se visse em meu lugar aquilo a que aludia.

— Como um conjunto de fealdade, de dor e horror infernais!

— Está bem — disse-lhe eu. — Queira sentar-se e começar.

Ele voltou-se para o fogo, empurrou uma acha com o pé, contemplou-a um instante... Depois tornou a nos encarar:

— Não posso. Preciso mandar uma pessoa à cidade.

A essas palavras, ouviu-se uma geral lamentação e muita censura. Ele as deixou passar, depois explicou, sempre com seu ar preocupado:

— A história foi escrita. Está fechada à chave numa gaveta, donde não sai há muitos anos. Mas eu poderia escrever a meu criado e enviar-lhe a chave: ele me remeteria o pacote tal como está.

Era a mim em particular que ele parecia dirigir essa proposta; parecia quase implorar o meu auxílio para dar fim às suas hesitações. Quebrara a camada de gelo, de muitos invernos: tinha tido suas razões para tão longo silêncio. Os outros lamentavam a demora; eu, porém, estava encantado justamente por seus escrúpulos. Conjurei-o a escrever pelo primeiro correio e a combinar conosco uma pronta leitura. Perguntei-lhe se a experiência em questão fora dele próprio. Sua resposta não se fez esperar:

— Não, graças a Deus!

— E o relato é seu? Foi você que o escreveu?

— Apenas anotei a impressão que me deu. Inscrevi-a *aqui*. — E tocou no coração. — Nunca a perdi.

— E o manuscrito?

— A tinta envelheceu, desbotou... a letra é admirável...

Nova hesitação.

— Letra de mulher; de uma mulher morta faz vinte anos. À aproximação da morte, enviou-me as páginas em questão.

Agora todos escutávamos, e, naturalmente, houve alguém que tentou gracejar ou, pelo menos, tirar uma conclusão. Mas ele afastou a conclusão, sem sorrir ou zangar-se.

— Era uma criatura encantadora, dez anos mais velha do que eu. Governanta de minha irmã — disse docemente. — Nunca encontrei, em posição como essa, mulher mais amável. Era digna de ocupar qualquer outra. Faz muito tempo isso; e o episódio a que aludo ocorrera muito antes. Naquela época, eu estava em Trinity, e encontrei-a ao voltar para casa, nas férias de verão do segundo ano. De então em diante, voltei várias vezes. Foi um ano esplêndido. Lembro-me de nossos passeios no jardim, de nossas conversas em suas horas de folga; conversas em que ela se mostrava tão inteligente e tão amável! Oh, sim, não riam: eu gostava muito dela, e até hoje me apraz pensar que ela também gostava de mim. Se não gostasse, não teria me contado a história. Nunca a contara a ninguém. E não era apenas porque ela me dizia isso que eu acreditava... Eu tinha a certeza de que nunca dissera nada. Via-se que era assim. Compreenderão por quê, depois que me ouvirem.

— Por que o assunto a assustara além da conta?

Ele continuou a olhar-me fixamente.

— Ser-lhe-á fácil julgar... — E repetiu: — Será fácil...

Por minha vez, fitei-o com insistência.

— Percebo. Ela estava apaixonada.

Ele então riu pela primeira vez.

— Ah! Como você é perspicaz! Sim, estava apaixonada. Isto é, *tinha estado* apaixonada. Isso saltava à vista: era-lhe impossível contar a história sem que isso viesse à tona. Percebi-o, ela percebeu que eu percebera, mas nem eu nem ela aludimos ao caso. Lembro-me da hora e do lugar: um canto de relvado, à sombra das grandes faias, e a tarde longa e cálida de verão. O cenário não era para dar tremuras... e todavia...!

Ele se afastou do fogo, voltou a sentar-se.

— Receberá o pacote quinta de manhã? — perguntei.

— Não antes do segundo correio, provavelmente.

— Então, depois do jantar...

— Estarão todos aqui? — E circunvagou o olhar por todos nós. — Alguém vai partir?

Havia em sua voz um timbre quase esperançoso.

— Mas todo mundo quer ficar!

— *Eu* fico! *Eu* fico! — exclamaram as senhoras, cuja partida já havia sido anunciada. Mas a sra. Griffin declarou precisar de mais alguns esclarecimentos:

— Por quem a moça estava apaixonada?

— A história lho dirá — arrisquei-me a responder.

— Oh! Não posso esperar até lá!

— A história *não dirá* — tornou Douglas. — Pelo menos, não o dirá de um modo literal e vulgar.

— Tanto pior, então! Essa é a única maneira em que entendo as coisas!

— Mas *você*, Douglas, *você* não vai contar? — perguntou alguém.

Ele pôs-se bruscamente em pé.

— Sim, amanhã. Agora preciso ir para a cama. Boa noite.

E agarrando depressa o seu castiçal, afastou-se, deixando-nos levemente perplexos.

Da extremidade do grande salão de sombrios lambris onde estávamos reunidos, ouvimos seus passos na escada. A sra. Griffin falou:

— Muito bem! Se não sei por quem *ela* estava apaixonada, sei muito bem por quem *ele* estava apaixonado!

— Era dez anos mais velha do que ele — observou seu marido.

— *Raison de plus!* Naquela idade... Mas é verdadeiramente muito cavalheiresca a interminável discrição dele!

— Quarenta anos! — acrescentou Griffin.

— E, afinal, esta explosão!

— A explosão — disse eu — vai fazer da noite de quinta-feira uma coisa formidável!

Todos concordaram de tal modo comigo que, à luz desse fato, nada mais conseguiu interessar-nos. A história de Griffin, por mais incompleta que fosse — dir-se-ia o simples prólogo de uma série —, foi a última da noite. Trocamos cumprimentos de mãos e "cumprimentos de castiçais", como disse alguém, e recolhemo-nos.

No dia seguinte eu soube que uma carta, contendo uma chave, partira pelo primeiro correio ao endereço do seu apartamento em Londres. Mas a despeito — ou talvez precisamente por causa — da difusão subsequente dessa informação, deixamos Douglas na mais completa paz até depois do jantar, isto é, até a hora que melhor condizia com o gênero de emoção no qual puséramos nossas esperanças. Ele então se mostrou tão comunicativo quanto podíamos desejar, ao ponto de nos expor as boas razões que o assistiam para estar assim. Ouvimo-las em frente ao fogo do salão, lá mesmo onde nos despertaram os ingênuos espantos da véspera. A narrativa que ele nos prometera ler dir-se-ia exigir, para ser compreendida, algumas palavras de introdução. Seja-me lícito dizer aqui, de uma vez por todas, que esta narrativa, transcrição exata da que fiz muito mais tarde, é a que lerei daqui a pouco. Pobre Douglas! Quando sentiu que ia morrer, confiou-me o manuscrito que lhe chegara às mãos no terceiro daqueles dias e que, no mesmo lugar, com grande efeito, ele começara a ler na noite do quarto dia, diante do pequeno círculo mudo!

As senhoras que haviam declarado ficar naturalmente não ficaram, graças a Deus! Tangidas por compromissos anteriores, partiram inflamadas por uma curiosidade que se devia, assim disseram, pelos pormenores mercê dos quais ele já nos havia excitado. Isso porém apenas concorreu para tornar o pequeno auditório mais compacto e mais seleto, submetendo-o, em torno da lareira, à mesma vibrante expectativa.

O primeiro desses pormenores nos informava que a narrativa escrita começava depois que a história já estava em andamento. Para a compreender, era necessário saber que relação tinha com ele sua velha amiga, governanta de sua irmã. Filha mais nova dentre as várias filhas de um pobre pároco rural, acabara de ingressar como professora numa escola quando um belo dia decidiu precipitar-se para Londres, a fim de responder pessoalmente a um anúncio, por cuja causa já se havia posto em contato com o anunciante. A fim de se apresentar para exame a seu patrão em potencial, dirigiu-se a uma casa em Harley Street, que lhe pareceu vasta e imponente e onde a recebeu um perfeito *gentleman* — um celibatário na força da idade; enfim, um tipo de homem que, exceto em sonho ou romance de outrora, jamais teria podido conhecer uma moça tímida e nervosa, recém-saída de um presbitério de Hampshire. O tipo é de fácil descrição, sendo, felizmente, desses que nunca se acabam. Era belo, intrépido, sedutor, amável sem afetação, cheio de animação e bondade. Como não podia deixar de acontecer, fizeram-lhe impressão as suas maneiras de homem galante e aristocrata, mas o que mais a seduziu e lhe inspirou a coragem que ela mais tarde demonstrou foi a maneira pela qual lhe ofereceu o emprego: aceitando-o ela lhe conferiria uma graça, uma obrigação em que ele estava sinceramente disposto a incorrer... Acreditou-o rico, mas extremamente extravagante. Diante de seus olhos, ele lhe surgia aureolado pela última moda, por uma aparência sedutora, hábitos dispendiosos e *savoir-faire* com as mulheres. Residia numa vasta mansão cheia de despojos de viagem e troféus de caça; mas era para sua casa de campo — velha morada familiar no condado de Essex — que ele a queria ver partir imediatamente.

Era tutor de dois sobrinhos — um garoto e uma garota — cujos pais haviam falecido na Índia. O pai das crianças, seu irmão mais novo, tinha abraçado a carreira militar e fazia dois anos que falecera. Caindo-lhe nos braços por um estranho acaso, o sobrinho e a sobrinha constituíam um pesado fardo para um homem da sua posição — homem sozinho, sem experiência de lidar com crianças, destituído do menor resquício de paciência. Seguiu-se uma série de contrariedades, e indubitavelmente, de sua parte, uma série de erros. O tio, porém, tinha pena dos sobrinhozinhos órfãos e fizera por eles quanto pôde. Assim, enviara-os para a outra residência, de vez que era o campo o que mais lhes convinha, e confiara-os, desde o início, a pessoas habilitadas, chegando até a se privar de seus próprios criados em benefício do serviço deles e indo ele próprio, sempre que podia, verificar como marchavam as coisas.

A grande dificuldade era eles não possuírem outros parentes além dele, cujos negócios lhe tomavam quase todo o tempo disponível. Instalara-os em Bly, de salubridade e segurança indiscutíveis, e pôs à testa do serviço uma excelente mulher, a sra. Grose, outrora criada de quarto de sua mãe e que certamente haveria de agradar à jovem visitante. A sra. Grose era a encarregada e, na mesma ocasião, uma espécie de governanta da meninazinha, da qual, por felicidade, e porque não tinha filhos, gostava extremamente. O pessoal de serviço era numeroso, mas a jovem contratada como governanta seria ali a suprema autoridade. Também lhe incumbiria, durante as férias, cuidar do menino que frequentara durante três meses um colégio, conquanto demasiado novo para o internato — mas, que se poderia fazer? —, e o qual, como as férias se aproximavam, devia estar de volta mais dia menos dia.

Houve no princípio uma moça que tomara conta das crianças, mas que estas tiveram a infelicidade de perder. Era pessoa das mais idôneas e desempenhara o cargo admiravelmente até a morte, cuja súbita ocorrência, precisamente, não deixou outra alternativa senão o internato para o pequeno Miles. A partir desse momento, a sra. Grose fez o que pôde para incutir bons modos em Flora e não deixar faltar-lhe coisa alguma. Além da sra. Grose havia uma cozinheira, uma criada de quarto, uma encarregada da leiteria, um velho pônei, um velho lacaio e um velho jardineiro — todos igualmente idôneos.

Douglas estava nessa altura da narrativa quando alguém lhe perguntou:

— E de que morreu a primeira governanta? De excesso de... idoneidade?

A resposta não se fez esperar:

— Isso virá a seu tempo. Não quero antecipar.

— Perdão. Pensei que era isso mesmo que *você* estava fazendo...

— No lugar da sucessora — sugeri —, eu gostaria de saber se o cargo acarretava...

— Perigo de vida? — disse Douglas, completando meu pensamento. — Sim, ela quis saber e ela soube, com efeito, conforme amanhã lhes direi. Nesse intervalo, a perspectiva lhe pareceu um tanto sombria. Ela era jovem, inexperiente, nervosa, e via à sua frente graves deveres e escassa companhia. Na realidade, uma grande solidão. Hesitou dois dias, refletindo e se aconselhando. Mas o salário excedia de muito a sua modesta expectativa e numa segunda entrevista ela arrostou as consequências, assinando o compromisso.

Nesta altura Douglas fez uma pausa que, para benefício do auditório, aproveitei para lançar a seguinte observação:

— A moral de tudo isso é que o belo jovem exerca uma sedução irresistível, à qual a moça sucumbiu.

Ele ergueu-se e, como na véspera, aproximando-se do fogo, empurrou uma acha com o pé e permaneceu um instante de costas para nós.

— Ela só o viu duas vezes.

— Sim, mas é isso precisamente o que faz a beleza da sua paixão.

Ouvindo-me falar assim, Douglas, um pouco para minha surpresa, voltou-se na minha direção:

— Sim, *foi* a beleza daquela paixão. Outras houve — prosseguiu — que não sucumbiram. Ele expôs-lhes francamente as dificuldades que experimentara na procura; a muitas candidatas, as condições parecerem proibitivas; dir-se-ia que de algum modo ficavam assustadas, mormente quando vinham a saber da condição principal.

— A qual era...?

— Que nunca deviam incomodá-lo, fosse lá por que motivo fosse, nem apelar para ele, nem se queixar, nem lhe escrever, mas deviam elas mesmas resolver todas as dificuldades que se apresentassem, receber do seu procurador o dinheiro necessário, encarregar-se de tudo e deixá-lo tranquilo. A moça em apreço prometeu e me confessou que, ao segurar-lhe ele as mãos para agradecer-lhe, entre aliviado e encantado pelo seu sacrifício, ela já se sentira fartamente recompensada.

— Foi essa a sua única recompensa? — perguntou uma das senhoras.

— Ela nunca mais voltou a vê-lo.

— Oh! — exclamou a senhora. E tendo nosso amigo nos deixado logo em seguida, essa foi a última palavra significativa pronunciada sobre o assunto até a noite seguinte, quando, sentado na melhor poltrona, junto ao fogo, ele abriu a capa vermelho-desbotado de um pequeno álbum de corte dourado, à moda antiga.

A leitura prolongou-se por mais de uma noite, mas na primeira delas a mesma senhora fez outra pergunta:

— Qual o título que lhe deu?

— Nenhum.

— Muito bem, *eu* tenho um — disse eu.

Mas Douglas, sem prestar atenção, pusera-se a ler com uma articulação pura e límpida, como que tornando sensível ao ouvido a beleza da letra da autora.

II

Lembro-me de todo esse começo como de uma sucessão de altos e baixos, de um vaivém de emoções devidas e indevidas. Após o surto de energia que me levara, na cidade, a aceitar sua proposta, passei um par de dias bem ruins. Todas as minhas dúvidas despertaram e fiquei certa de que escolhera o pior partido. Foi nesse estado de espírito que passei as longas horas da viagem numa diligência sacolejante, que me transportava para o lugar designado, onde eu devia encontrar, à minha disposição, um veículo da casa para onde eu ia. Com efeito, disseram-me que essa comodidade fora encomendada, e lá pelo fim da tarde de junho me deparei com a confortável caleça que estava à minha espera. Atravessando, numa hora dessas e num dia radioso, uma região cuja risonha beleza parecia oferecer-me uma carinhosa acolhida, senti firmar-se a minha fortaleza; e ao entrarmos na avenida, toda a energia me voltou — reação que, provavelmente, não era senão uma prova de quão baixo ela caíra. Eu esperara, ou temera, qualquer coisa melancólica, de modo que a realidade acolhedora constituiu para mim uma grata surpresa. Lembro-me da excelente impressão que me causou a fachada larga e clara com todas as janelas abertas e duas criadas espiando para fora; lembro-me do relvado, das lindas flores, do ringir das rodas da caleça no pedregulho e das copas das árvores agrupadas, acima das quais as gralhas descreviam grandes círculos e grasnavam no céu dourado. A cena possuía uma grandeza que a fazia muito diferente da casa pobre onde eu vivera até ali. Uma pessoa cortês, trazendo uma menina pela mão, surgiu sem tardar na porta e me fez uma reverência tão cerimoniosa como se eu fosse a própria dona da casa ou hóspede de primeira categoria. Em Harley Street eu recebera uma impressão mais modesta do lugar, e essa impressão, quando dela me lembrei, me fez considerar o seu proprietário ainda mais fidalgo do que na realidade era, sugerindo que o que me estava reservado ia ainda além do que ele me deixara entrever.

Não tive nenhuma decepção até o dia seguinte, pois passei horas triunfantes a conhecer o mais jovem de meus alunos. A menina que acompanhava a sra. Grose me pareceu tão encantadora que considerei uma verdadeira felicidade ter de me ocupar com ela. Era a criança mais bonita que eu já vira, e mais tarde admirei-me de que o patrão não me tivesse dito nada a esse respeito.

Dormi pouco naquela primeira noite: estava excessivamente agitada, e isso também me espantou, lembro-me que me obsedou, acrescentado à impressão de liberalidade com que me tratavam. O amplo quarto imponente — um dos mais belos da casa —, o suntuoso leito (assim me parecia), as pesadas tapeçarias com ramagens, os altos espelhos onde, pela primeira vez, eu podia ver-me de corpo inteiro, assim como o encanto extraordinário da minha pequena aluna — tudo me impressionou à guisa de coisas dadas por acréscimo. Dadas também por acréscimo foram para mim, desde o primeiro instante, minhas relações com a sra. Grose, sobre as quais, ainda na caleça, eu refletira com não pequena apreensão. O único motivo que, à primeira vista, teria podido renovar essa apreensão foi a indisfarçável alegria que ela demonstrou à minha chegada. Desde a primeira meia hora, percebi que ela estava tão contente — mulher robusta, simples, feia, limpa e sadia que ela era! — a ponto de estar atenta para não o demonstrar demasiado. Naquele instante até fiquei um tanto espantada, ao perceber que ela preferia ocultá-lo; e isto, mercê de um pouco de reflexão e de suspeita, poderia, como era natural, causar-me inquietação.

Mas foi um descanso pensar que nenhuma inquietação poderia advir daquela visão beatífica que era a imagem radiosa da minha meninazinha — visão cuja angélica beleza constituía, provavelmente mais que qualquer outra, a causa daquela agitação que várias vezes me fez levantar e caminhar pelo quarto, ansiosa para absorver todo o quadro e a perspectiva; contemplar pela janela aberta a aurora nascente de um dia de verão; descobrir outras partes da casa que minha vista abrangia; e prestar atenção, no dilúculo moribundo, enquanto os primeiros passarinhos começavam a pipilar, à possível repetição de um som, talvez dois, menos naturais e não externos, mas internos, que se me afigurou ouvir. Houve um momento em que julguei reconhecer, fraco e distante, um grito de criança; em outro, estremeci quase inconscientemente como a um ligeiro tropel de passos em frente à minha porta. Mas estas fantasias não eram suficientemente acentuadas para que não as expulsasse, e não foi senão à luz — ou antes, à sombra — de acontecimentos ulteriores que elas retornaram à minha lembrança.

Vigiar, ensinar, "formar" a pequena Flora — eis aí, sem nenhuma dúvida, a obra de uma vida útil e feliz. Havíamos combinado, depois da ceia, que após a primeira noite ela dormiria no meu quarto, seu pequeno leito branco já tendo sido arranjado para esse fim. Eu devia encarregar-me totalmente dela, que permaneceria apenas uma última vez junto da sra. Grose, em deferência à minha inevitável estranheza e à sua natural timidez.

A despeito dessa timidez, sobre a qual a criança se mostrou singularmente franca e desassombrada, permitindo-nos, sem o menor indício de mal-estar — em verdade, com a doce serenidade de um anjo de Rafael —, que a discutíssemos, lha imputássemos e tomássemos decisões; a despeito dessa timidez, dizia eu, animava-me a certeza de que em breve ela haveria de gostar de mim. Uma parte da minha simpatia pela sra. Grose provinha do prazer que ela visivelmente experimentava ao ver a minha admiração e maravilhamento quando, diante de uma ceia de pão e leite, alumiada por quatro velas altas, eu contemplava a menina com seu avental, sentada à minha frente. Havia naturalmente muitas coisas que, em presença de Flora, não podíamos comentar, a não ser mediante uma troca de olhares satisfeitos e significativos ou alusões indiretas e obscuras.

— E o menino, se parece com ela? Também é assim extraordinário?

Conviemos em que nunca elogiaríamos em exagero uma criança.

— Oh! Senhorita, dos *mais* extraordinários. Se assim julga a esta...

E de pé, o prato na mão, ela contemplava com um radiante sorriso a meninazinha cujos doces olhos celestes pousavam ora em mim, ora na sra. Grose, sem que nada inibisse nossos gabos.

— Pois bem; se eu achar, com efeito, que...

— *Vai* ficar enlevada com o patrãozinho!

— Em verdade, parece que não estou aqui para outra coisa senão para ficar enlevada. Todavia receio — lembro-me que tive o impulso de acrescentar — que me deixo enlevar com grande facilidade. Em Londres já foi assim!

Ainda estou a ver o largo rosto da sra. Grose enquanto ela tentava penetrar o sentido de minhas palavras.

— Em Harley Street?

— Em Harley Street.

— Pois bem: a senhorita não foi a primeira nem será a última.

— Oh! Não tenho a pretensão — e pude rir — de ser a única. Em todo caso, meu outro aluno, ao que me foi dado compreender, chega amanhã?

— Amanhã não; sexta-feira. Vai chegar como a senhorita, pela diligência, sob a vigilância do condutor; ser-lhe-á enviada a mesma carruagem que trouxe a senhora até aqui.

Arrisquei perguntar se não seria conveniente, bem como agradável e cordial, eu e sua irmãzinha irmos esperá-lo à chegada da diligência — ideia com a qual a sra. Grose concordou com tamanho entusiasmo que me deu a impressão de que tomava, por assim dizer, o alentador compromisso — nunca desmentido, graças ao céu! — de que seríamos concordes em todas as questões. Como estava contente de eu estar ali!

O que senti no dia seguinte não se pode, em sã justiça, chamar de reação contra a alegria da minha chegada. Provavelmente era, no máximo, apenas uma ligeira opressão, devido a uma observação mais atenta das circunstâncias que me rodeavam quando as examinei, penetrei e defini os seus contornos. Tinham elas, por assim dizer, uma extensão e um volume para os quais eu não estava preparada e em presença dos quais me senti a princípio um pouco assustada, bem como um tanto orgulhosa. Em meio desta agitação, as lições não deixaram de sofrer algum atraso: pensava que o meu primeiro dever era criar uma intimidade entre a criança e eu, empregando para isso todas as sutis seduções de que dispunha. Passei toda a tarde fora em sua companhia, e, para sua grande satisfação, ficou combinado entre nós que seria ela — só ela e mais ninguém — quem me levaria a visitar a casa. Mostrou-ma, com efeito, passo a passo, de aposento a aposento, de segredo a segredo, entretendo-me todo o tempo com a sua divertida, deliciosa parolagem infantil, que teve como resultado, ao fim de uma meia hora, tornar-nos grandes amigas. Criança como era, todavia, impressionaram-me, durante o nosso passeio, a coragem e a segurança com que percorria os quartos vazios e os sombrios corredores, as escadas tortuosas que me obrigavam a fazer uma pausa e iam até o píncaro de uma velha torre apontada em ameias e que me deu tonturas... Com efeito, sua música matinal, sua disposição para dar, antes que pedir, explicações — tudo vibrava, e eu seguia-lhe no encalço. Nunca mais revi Bly depois que o abandonei e ouso dizer que a meus olhos mais velhos e experientes ele agora pareceria bastante diminuído. Mas enquanto a minha pequena condutora, com seus cabelos de ouro e seu vestido azul, dançava à minha frente, rodeando ângulos de velhos muros e saltitando ao longo de sombrios corredores, parecia-me estar vendo um castelo de romance, habitado por uma fada cor-de-rosa — um lugar que, para distração da ideia infantil, extraísse todo o seu colorido de um livro de histórias e de contos de fada. Pois não era aquilo um livro de histórias sobre o qual eu caíra toscanejando e sonhando? Não. Era uma casa enorme, feia, antiga, porém cômoda, corporificando alguns traços de um edifício ainda mais antigo, meio reformado, meio aproveitado, no qual se me afigurou estarmos quase tão perdidos como um punhado de passageiros em um grande navio indo à garra. E, estranha coincidência, era eu que ia ao leme!

III

Isso se provou quando, dois dias depois, fui com Flora ao encontro do "senhorzinho", como dizia a sra. Grose; ainda mais, mercê de um incidente que, na segunda noite, me transtornara profundamente. O primeiro dia, em seu conjunto, como eu já disse, fora tranquilizador, mas eu o vi terminar em dolorosa apreensão. O correio, naquela noite — que chegou tarde —, trouxe uma carta para mim. Escrita com a letra de meu patrão, só continha algumas poucas palavras e encerrava uma outra, endereçada a ele próprio, mas cujo selo estava intacto. "Acho que essa carta é do diretor do colégio, e o diretor do colégio é um horrível maçador. Leia o que ele diz, trate com ele, mas lembre-se: não quero saber de nada. Nem uma palavra! Estou de partida!"

Foi-me preciso um grande esforço para romper o selo — um esforço tão grande que custei a chegar à carta. Finalmente levei-a, ainda dobrada, para o quarto, e só a ataquei um pouco antes de ir para a cama. Devia tê-la deixado esperar até de manhã, pois me acarretou outra noite de insônia. Sem ninguém a quem pedir conselho, fiquei muito aflita até o dia seguinte, e finalmente tanto acresceu minha aflição que resolvi me abrir com a sra. Grose.

— Que significa isso? O menino foi expulso do colégio.

Reparei no olhar que ela me lançou naquele momento; depois, visivelmente, rapidamente afetando indiferença, tentou disfarçar:

— Mas os alunos não são todos...

— Enviados de volta para casa? Sim, mas só durante as férias. Miles nunca mais voltará para o colégio.

Sob o meu olhar atento, ela perdeu a segurança e corou:

— Não querem mais ficar com ele?

— Recusam-se, de modo absoluto.

A essas palavras, ela ergueu para mim seus olhos, que havia desviado: vi-os marejados de sinceras lágrimas.

— Que foi que ele fez?

Hesitei; depois achei melhor estender-lhe a carta, cujo efeito foi levá-la, muito simplesmente, a pôr as mãos atrás das costas, sem nenhum gesto para apanhar. Sacudiu a cabeça tristemente:

— Essas coisas não são para mim, senhorita...

Sra. Grose não sabia ler!

Tive um sobressalto de surpresa e, atenuando minha falta o melhor que pude, reabri a carta a fim de a ler para ela, mas, fraquejando no ato e tornando a dobrá-la, meti-a novamente no bolso.

— O garoto é mesmo *perverso*?

Os olhos de sra. Grose continuavam marejados.

— Esses senhores dizem isso?

— Não referem pormenores. Simplesmente dizem lamentar a impossibilidade de o conservar em sua companhia. Isso pode ter um único significado.

Sra. Grose escutava num silêncio comovido. Absteve-se de perguntar qual poderia ser esse significado, de modo que, para exprimir a coisa com mais coerência e, relatando-lha, torná-la mais presente a meu espírito, prossegui:

— Dizem que ele prejudicaria os outros.

A essas palavras, com um desses bruscos sobressaltos da gente simples, ela se inflamou de repente:

— Prejudicar!... Sr. Miles?!...

Havia em sua voz tal tom de boa-fé que, embora eu ainda não tivesse visto o menino, fui impelida, pelo próprio receio que sentia, a achar a ideia absurda. Assim, para melhor corroborar minha amiga, disse, com uma ênfase sarcástica:

— Prejudicar os seus pobres coleguinhas inocentes!

— É uma crueldade dizerem isso! — exclamou sra. Grose. — Ele ainda não tem dez anos!

— Com efeito, é incrível!

Percebi que ela me ficou reconhecida por essa declaração.

— Primeiro veja-o, senhorita; depois acredite... se puder!

Tornei a sentir uma grande impaciência em ver o menino. Nascia em mim uma curiosidade que, nas próximas horas, deveria aumentar ao ponto de torturar-me.

Sra. Grose estava ciente, percebi-o, da impressão que me causara e prosseguiu tranquilamente:

— Poderia crer a mesma coisa da menininha, valha-a Deus! — acrescentou em seguida. — *Olhe* para ela!

Voltei-me: Flora, que dez minutos antes eu instalara na sala de aulas com uma folha em branco, um lápis e um modelo de belos "'O's redondos", surgiu na porta aberta. Com suas maneiras infantis, mostrava um desprendimento extraordinário por tudo quanto a aborrecia. Mas seu olhar, cheio daquela radiante luminosidade da infância, parecia dar como explicação de sua conduta a afeição que concebera por mim e que a obrigara a seguir-me. Não precisei de mais nada para sentir toda a justeza da comparação da sra. Grose. Em consequência, apertei minha aluna nos braços e cobri-a de beijos, aos quais se mesclava um soluço de penitência.

Nem por isso deixei de vigiar minha colega no resto do dia, tanto mais que, à aproximação da noite, me pareceu que ela procurava evitar-me. Lembro-me de que a alcancei na escada, a qual descemos juntas; e, chegadas ao último degrau, detive-a, pousando minha mão no seu braço.

— Segundo o que me disse hoje à tarde, concluo que *a senhora* nunca soube que o comportamento dele fosse mau...

Ela jogou a cabeça para trás; havia claramente, naquela hora, resolvido adotar uma atitude.

— Que eu nunca soube... Oh, não pretendo *isso*!

Tornei a ficar extremamente perturbada.

— Então *soube*?...

— Claro que sim, senhorita; graças a Deus!

Após refletir, aceitei essa resposta.

— Quer dizer que um rapazinho que jamais...

— Não é o que *eu* considero um rapazinho!

Apertei-a.

— A senhora os quer danados? — E antecipando-lhe a resposta: — Eu também! — lancei sofregamente. — Mas não a ponto de contaminar...

— De contaminar?

A palavra comprida desnorteou-a. Expliquei-lhe:

— Corromper...

Arregalou os olhos quando compreendeu; e isso a fez soltar uma risada singular.

— Receia que ele venha a *lhe* corromper?

Fez essa pergunta com tão franco bom humor que, soltando uma risada, talvez um pouco tola para combinar com a dela, cedi, dessa vez, ao medo do ridículo.

Mas no dia seguinte, ao aproximar-se o momento em que devia tomar a carruagem, tentei colher maduras em outro lugar.

— Como era a moça que esteve aqui antes de mim?

— A governanta anterior? Também era jovem e bonita... quase tão bonita como a senhorita.

— Ah! Espero que a sua mocidade e a sua beleza lhe tenham servido para alguma coisa! — Lembro-me que lhe lancei. — Parece que ele nos prefere jovens e bonitas...

— Quanto a isso, *é* verdade — disse Mrs. Grose. — É o que ele procurava em toda gente!

Nem bem soltou essas palavras, tentou se corrigir:

— Quero dizer que o gosto *dele* é esse... O gosto do nosso patrão...

Fiquei transida.

— Mas a quem aludia anteriormente?

Seus olhos permaneceram inexpressivos, mas ela enrubesceu.

— A *ele*, ora!

— Nosso patrão?

— Quem mais?

Era de tal modo evidente que não podia ser outro que, um instante depois, esqueceu-me a impressão que me viera de que, acidentalmente, ela havia dito mais do que queria. Em consequência, apenas perguntei o que me interessava:

— E *ela* algum dia viu no menino...

— Alguma coisa que não fosse direita? Nunca disse.

Dominei um escrúpulo nascente para perguntar:

— E ela? Era atenciosa? Exigente?

A sra. Grose pareceu esforçar-se para dar uma resposta conscienciosa:

— Em alguns pontos, sim.

— Não todos?

Ela voltou a considerar.

— Ora, senhorita, ela já se foi e eu não sou faladeira.

— Compreendo perfeitamente os seus sentimentos — apressei-me a responder. Mas não achei contrária a esta concessão perguntar-lhe um instante depois: — Ela morreu aqui?

— Não. Foi-se embora.

Não sei por quê, o laconismo da sra. Grose deu-me a impressão de ambiguidade.

— Foi-se embora... para morrer?

A sra. Grose olhou pela janela em frente, mas eu senti, por definição, que tinha o direito de saber como eram tratadas em Bly as jovens governantas.

— Quer dizer que ela adoeceu e voltou para casa?

— Aparentemente, não adoeceu aqui. No fim do ano partiu para umas férias curtas, segundo disse. Ao que tinha pleno direito, visto o tempo que passara em Bly. Tínhamos conosco, na ocasião, uma jovem aia que, sob as ordens dela, cuidava das crianças; era uma boa moça, conhecedora do ofício, e *ela*, nesse intervalo, se encarregou de Flora e Miles. Mas a jovem governanta nunca mais voltou. No mesmo momento em que esperávamos o seu regresso, o patrão comunicou que ela morrera.

Fiquei cismando.

— Mas... de que morreu?

— Ele não disse. Mas, com licença, senhorita — disse a sra. Grose —, preciso voltar ao meu trabalho.

IV

Felizmente, apesar das preocupações que me atormentavam (e com justa razão), esse gesto impertinente não pôde interromper o progresso da nossa mútua estima. Depois que eu trouxe Miles para casa, reencontramo-nos mais intimamente do que nunca no terreno da minha estupefação e da emoção que me sacudia — tão monstruoso se me afigurava o interdito lançado sobre a criança com a qual eu vinha a travar conhecimento. Cheguei um pouco atrasada ao encontro e vi-o à porta da estalagem onde a diligência o depusera, procurando-me sofregamente com o olhar. Imediatamente senti que a mesma luminosa frescura, a mesma indisfarçável fragrância de pureza que, desde o primeiro instante, eu respirara junto de sua irmã de igual modo o envolviam e penetravam. Ele era incrivelmente belo e sra. Grose acertara em cheio: em sua presença, ficavam abolidos quaisquer outros sentimentos e só havia lugar para uma espécie de ternura apaixonada.

Mas o que, naquela hora e naquele lugar, se apoderou de meu coração foi qualquer coisa de divino que eu nunca antes encontrara, com a mesma intensidade, em qualquer outra criança: um arzinho indescritível de não conhecer nada deste mundo que não fosse o amor. Não era possível carregar tão triste reputação com uma graça mais inocente; e, quando cheguei com ele a Bly, sentia-me inteiramente desnorteada — isto para não dizer ofendida — à lembrança da insinuação contida na horrível carta que eu tinha debaixo de chave numa das gavetas de meu quarto.

Logo que pude trocar com a sra. Grose algumas palavras em particular, declarei-lhe que a coisa era grotesca.

Ela prontamente compreendeu.

— Refere-se àquela cruel acusação?

— É infundada. *Olhe* para ele, minha cara senhora!

Ela sorriu diante da minha pretensão de haver descoberto o encanto do garoto.

— Garanto-lhe, não faço outra coisa. E que vai dizer a senhorita? — imediatamente acrescentou.

— Em resposta à carta? — Eu já tomara o meu partido: — Nada, absolutamente.

— E ao tio dele?

Respondi secamente:

— Nada, absolutamente.

— E ao próprio garoto?

Fui maravilhosa:

— Nada, absolutamente:

Ela enxugou vivamente o rosto com o avental.

— Conte comigo, senhorita. Vamos até o fim.

— Vamos até o fim — repeti ardentemente, como um eco, e estendi-lhe a mão para selar nosso contrato. Ela a reteve um instante na sua; depois, com a outra mão, tornou a levar o avental ao rosto.

— A senhorita se incomodaria, se eu tomasse a liberdade...

— De beijar-me? Oh, não!

Tomei a boa mulher nos braços e, depois que nos beijamos como irmãs, senti-me ainda mais fortalecida e mais indignada.

Durante um certo tempo as coisas ficaram nesse pé. Mas foi um tempo tão cheio que, para distinguir, hoje, o que se passou, tenho de lançar mão de toda a minha arte. O que agora me enche de estupor é eu haver aceito tal situação. Empreendi, com a minha companheira, ir até o fim, e, aparentemente, um encanto me subjugava, dissimulando a extensão e as remotas e difíceis ligações dessa empresa. Sentia-me levantada por uma grande onda de paixão e pena. Em minha ignorância, em minha cegueira — e, um pouco talvez, em minha presunção —, achava muito simples assumir a direção de um menino cuja educação para o mundo apenas se iniciava. Até hoje sou incapaz de recordar o que tencionava fazer no fim das férias, visando o reinício de seus estudos. Em teoria, ficou estabelecido entre nós que eu lhe daria lições durante todo aquele belo verão; hoje, porém, percebo que, durante semanas e mais semanas, antes fui eu quem recebi lições... Aprendi, logo no início, uma coisa que a minha vida modesta e asfixiada não me havia ensinado: aprendi a divertir-me e a divertir, sem pensar no dia de amanhã. Foi, de certa maneira, a primeira vez que conheci o espaço, o ar, a liberdade, toda a música do verão e todo o mistério da natureza. Depois, havia a consideração de que me rodeavam; e era tão doce a consideração! Era, com efeito, uma armadilha — não premeditada, mas perigosa —, uma armadilha para a minha imaginação, para a minha delicadeza, talvez para a minha vaidade; enfim, para tudo quanto havia em mim de mais vulnerável. A melhor maneira de descrever a situação é dizer que eu estava desprevenida. Davam-me tão pouco trabalho, eram de uma doçura tão extraordinária! Costumava às vezes perguntar-me — mas até isso sem sair do meu vago devaneio — como o brutal futuro (pois todos os futuros são brutais) os iria tratar, talvez ferir... Eles tinham o viço da saúde e da felicidade; e, todavia, como se eu fosse a encarregada de zelar por um casal de pequenas altezas ou de príncipes de sangue, em torno dos quais, para estar em ordem, tudo devia estar fechado e defendido, a única forma de existência que a minha imaginação via os anos subsequentes lhes oferecerem era a de um prolongamento romântico, verdadeiramente principesco, daqueles jardins e daquele parque. Pode ser, antes de tudo, que o que aí irrompeu subitamente empreste a esse período anterior o encanto da tranquilidade — o encanto do silêncio no qual alguma coisa ameaça, rastejante... A alternativa foi semelhante ao salto de uma fera.

Nas primeiras semanas, os dias foram longos. Muitas vezes os mais belos me proporcionaram o que eu costumava chamar de "hora só minha", durante a qual, tendo meus alunos tomado chá e se recolhido, eu podia permitir-me um breve intervalo antes de me retirar para a noite. Por mais que amasse meus companheiros, era essa a hora de que eu mais gostava; e gostava, mais que tudo, à medida que a luz se extinguia ou, antes, à medida que o dia se dilatava e os últimos apelos dos derradeiros passarinhos se faziam ouvir nas velhas árvores sob o céu ruborizado, de dar uma volta pelos jardins e de gozar, com um sentimento de proprietária que me lisonjeava e divertia, a beleza e a majestade do lugar. Era um prazer, nesses momentos, sentir-me tranquila e justificada pela tarefa a cumprir; sem dúvida, era também um prazer a ideia de que a minha discrição, o meu simples bom senso e, de um modo geral, a correção do meu caráter davam prazer — se ela alguma vez pensava nisso! — à pessoa a cuja insistência eu havia correspondido. O que eu agora fazia era aquilo mesmo que essa pessoa tão ardentemente desejara, aquilo mesmo que ela me pedira desde o início; e que eu *fosse* capaz de fazê-lo se me provou uma alegria ainda maior do que jamais ousara esperar. Eu surgia diante de meus próprios olhos como uma moça notável, e a ideia de que, mais cedo ou mais tarde, isso publicamente se conheceria proporcionava-me um grande bem-estar. Claro: eu tinha de ser notável, dados os notáveis acontecimentos que estavam a pique de se desencadear.

Aconteceu abruptamente certa tarde, bem no meio da hora que era "minha": as crianças estavam deitadas, e eu saíra para dar minha volta. Um dos pensamentos que me acompanhavam nesses vagares, e o qual agora não me peja fazer notar, era de que seria encantador, tão encantador como uma história romântica, o meu encontro repentino com alguém...

Alguém que, no dobrar de uma aleia, súbito surgisse à minha frente e, com um sorriso, me desse a sua aprovação. Não pedia mais que isso: que ele *soubesse*; e a única maneira de eu ter a certeza de que ele sabia seria vê-lo expresso na luz acariciante de seu formoso rosto... Estava isso presente em meu espírito — quero dizer, o rosto — quando, numa dessas primeiras ocasiões, ao fim de um longo dia de junho, estaquei de repente, já à vista da casa, ao emergir dentre o arvoredo. O que me pregou no lugar — e com um choque muito maior do que me teria proporcionado qualquer visão — foi sentir que a minha imaginação, com a rapidez de um relâmpago, tomara corpo. Ele estava lá! Porém, muito alto, para além do relvado, no cimo da torre onde a pequena Flora me havia conduzido na primeira manhã!

Essa torre completava o par de torres — estruturas quadradas, encimadas de ameias, desproporcionais — distinguidas, por alguma razão, embora eu visse muito pouca diferença, como a torre nova e a torre velha. Elas flanqueavam as duas extremidades opostas do edifício e não eram provavelmente senão duas aberrações do arquiteto, em certa medida atenuadas por não estarem inteiramente isoladas nem serem de uma altura demasiado pretensiosa. Não só isso, mas a sua falsa antiguidade datava da época romântica, já confundida com um respeitável passado. Eu admirava-as, trabalhava-as na fantasia, pois todos, de certo modo, nos beneficiávamos, especialmente quando elas avultavam ao crepúsculo, com a majestade de suas ameias. Todavia, não era naquela altura insólita que a figura tantas vezes invocada por mim parecia estar no lugar que lhe era devido.

Lembro-me que, no crepúsculo claro, essa figura me produziu dois ofegos de emoção: distintamente, o choque da minha primeira e da minha segunda surpresa. O segundo foi a violenta percepção do engano do primeiro: o homem com quem me deparei não era a pessoa que eu acreditara precipitadamente dever estar ali. Experimentei tal perturbação da vista que, mesmo após decorridos tantos anos, não me sinto capaz de descrevê-la. Um homem desconhecido, em lugar solitário, constitui um objeto já autorizado a amedrontar uma moça criada no seio da família, e a figura que me encarava — bastaram alguns segundos para me certificar — era tão pouco parecida com qualquer pessoa do meu conhecimento quanto o era a da imagem que, na ocasião, estava em meu espírito. Não a vira em Harley Street; nunca a vira em parte nenhuma. Não só isso, mas o próprio lugar, da maneira mais estranha, se havia transformado, no mesmo instante e mercê da aparição, na mais completa solidão. Para mim, pelo menos, que tento recompor minhas impressões mediante uma reflexão nunca antes tão deliberada, retorna toda a sensação daquele dia. Era — enquanto eu absorvia avidamente tudo quanto os meus sentidos podiam captar — como se todo o resto da cena estivesse ferido de morte. Posso tornar a ouvir, enquanto escrevo, o intenso silêncio em que tombavam os rumores da tarde. As gralhas já não crocitavam no céu de ouro, e, durante um minuto indizível, a hora acariciante perdeu inteiramente a voz. Não havia entretanto outra mudança na natureza, a menos que fosse a minha sensação de enxergar com uma estranha nitidez. O ouro continuava no céu; a limpidez, no ar; e o homem que me fitava por cima das ameias era tão nítido como um retrato em sua moldura. Foi graças a isso que pensei, com uma rapidez extraordinária, em todas as pessoas que ele poderia ser e que não era. Confrontamo-nos, através do espaço, um tempo suficiente para eu me perguntar, veementemente, quem era ele e para sentir, ante a minha incapacidade para responder, um espanto que em poucos instantes se intensificou.

A grande questão — pelo menos uma das questões surgidas em relação a certos fatos — era, bem o sei, calcular o tempo que eles duraram. Pois bem! Quanto ao fato em apreço, ele durou — podeis pensar o que quiserdes — o tempo de uma dúzia de suposições (nenhuma melhor do que outra, na minha opinião) se apresentar a meu espírito para explicar a existência, naquela casa — e, sobretudo, desde quando? —, de uma pessoa que eu desconhecia. Durou o tempo de eu me sentir um tanto melindrada, ao imaginar que, na minha situação, tal desconhecimento, bem como tal presença, não eram absolutamente admissíveis. Durou, em todo caso, o tempo de esse visitante — estranho indício de familiaridade, lembro-me de que ele não trazia chapéu! — de esse visitante, do lugar onde estava, parecer fixar-me, dirigindo-me a mesma pergunta, o mesmo olhar perscrutador que a sua presença provocava. Achávamo-nos demasiado afastados um do outro para nos chamarmos, mas chegou um momento em que, a uma distância mais curta, uma apóstrofe qualquer, rompendo o silêncio, teria sido o resultado natural da maneira direta com que reciprocamente nos encarávamos. Estava ele em um dos ângulos — o mais afastado da casa —, muito ereto, conforme observei, e com ambas as mãos apoiadas no parapeito. Foi assim que o vi, como vejo as letras que traço nesta página. Depois, exatamente um minuto mais tarde, como que para acrescentar ao espetáculo, trocou lentamente de lugar e passou, olhando-me fixamente todo o tempo, para o ângulo oposto da plataforma. Sim: tive a impressão profunda de que, durante o trânsito, não tirou os olhos de mim e, nesta mesma hora, ainda vejo como, à medida que caminhava, ele ia passando a mão de uma ameia para a seguinte. Já no outro ângulo, parou, porém menos tempo; e, à medida que se afastava, não tirou os olhos de mim. Depois retirou-se de uma vez, e isso foi tudo.

V

Não que eu não tenha esperado por mais naquela hora, pois estava não apenas plantada no lugar, como também profundamente abalada. Haveria um segredo em Bly? Um mistério de Udolfo, algum parente alienado ou escandaloso, sequestrado num esconderijo nunca suspeitado? Não sei quanto tempo, dividida entre a curiosidade e o terror, permaneci no lugar onde o golpe me cravara. Apenas recordo que, ao reentrar em casa, a noite descera inteiramente. No intervalo, decerto fora presa de uma agitação que, malgrado meu, me dominara e me impelira a andar ao redor da casa, onde devia ter caminhado umas três milhas. Mais tarde, porém, eu teria de ficar de tal modo esmagada que este simples despontar de alarme não me causou mais que um calafrio de medo muito humano. Mas o que havia de mais singular na minha agitação — aliás, toda a aventura fora singular — me foi revelado quando me deparei com a sra. Grose no saguão. A imagem, a impressão que recebi ao regressar, me retorna no fluxo da lembrança: o amplo espaço apainelado de branco, brilhantemente iluminado, com seus retratos e seu tapete vermelho, e o bom olhar de surpresa de minha amiga, que imediatamente me disse ter sentido falta de mim. Ao seu contato, fiquei intimamente persuadida de que, na simplicidade do seu coração e na aflição amenizada pela minha volta, ela nada sabia em relação ao incidente que eu tinha para lhe contar. Não suspeitei, anteriormente, que o seu bondoso rosto me restituiria o equilíbrio e, de algum modo, pela hesitação em que me encontrava para mencioná-lo, media toda a importância do que eu vira. Em toda a história, nada há que me pareça tão singular como o fato de o verdadeiro medo que começava a me invadir ser inseparável, se assim posso dizer, do instinto de poupar a minha companheira.

Em consequência, ali mesmo, no saguão acolhedor e sob o olhar dela, sofri uma revolução interior, por uma razão que eu teria tido dificuldade em exprimir. Dei-lhe uma vaga desculpa pelo meu atraso e, invocando a beleza da noite, o abundante orvalho e meus pés molhados, dirigi-me o mais depressa possível para meu quarto.

Aí, o assunto foi muito diferente; e, por muitos dias, foi um assunto bastante insólito. Havia horas, dia após dia — ou pelo menos havia momentos roubados em detrimento dos meus deveres mais elementares —, em que eu tinha de me fechar no quarto para refletir. Não que o meu estado nervoso já excedesse a minha força de resistência; mas eu sentia um grande medo de chegar até aí, pois a verdade, que eu agora tinha de contemplar em todas as suas facetas, era, simplesmente, claramente, eu não poder, de modo algum, identificar o visitante com o qual eu entrara em relações de uma maneira tão inexplicável e, todavia, ao que se me afigurava, tão íntima. Em pouco tempo percebi que poderia sondar, sem nenhum formulário de inquérito e sem despertar suspeitas, qualquer intriga doméstica que ali houvesse. O choque que eu sofrera devia ter aguçado todas as minhas faculdades: ao fim de três dias, depois de haver simplesmente observado as coisas mais de perto, fiquei convencida de que os criados não me haviam enganado, nem me tomado como alvo de uma brincadeira. O que eu sabia — fosse lá o que fosse — não era conhecido de mais ninguém à minha volta. Uma única conclusão razoável se impunha: alguém tinha tomado, em Bly, uma liberdade quase brutal. Foi isso o que, repetidamente, mergulhei no meu quarto e tranquei a porta para dizer a mim mesma. Todos, coletivamente, havíamos sofrido a invasão de um intruso. Algum viajante sem escrúpulos, interessado em casas velhas, ali penetrara despercebido, gozara o panorama do melhor ponto de vista e tornara a partir como viera. Se me encarara com tal audácia e cinismo, isso fazia parte de sua má educação. No final das contas, a coisa boa em toda a história era que nunca mais voltaríamos a vê-lo.

Não era entretanto uma coisa tão boa a ponto de me impedir de reconhecer que, essencialmente, o que punha na sombra todo o resto era simplesmente a minha sedutora tarefa. Pois a minha sedutora tarefa era viver com Miles e Flora, e nada me faria amá-la mais do que saber que, em caso de dificuldade, eu podia dar-me inteiramente a ela. A sedução de meus pequenos alunos era uma alegria ininterrupta e suscitava em mim um novo espanto cada vez que eu lembrava os meus vãos temores iniciais, o desgosto que comecei por sentir pela minha situação provavelmente monótona e prosaica. Mas não houve nem prosa monótona nem mó a fazer rodar. Como não seria encantador um trabalho que se apresentava como uma obra de beleza quotidiana? Era todo o romantismo da infância e a poesia da sala de aula. Com isso não quero dizer que só estudávamos ficção e versos: quero apenas dizer que não existem outros termos para expressar o gênero de interesse que meus companheiros me inspiravam. Como descrevê-lo senão dizendo que, em vez de cair, junto deles, na mortal monotonia do hábito — e que prodígio para uma governanta! Apelo para o testemunho de toda a confraria! —, eu fazia constantes descobertas. Evidentemente, havia uma direção onde tais descobertas se detinham: uma profunda obscuridade continuava a encobrir a região da conduta do menino no colégio. Foi-me concedida a graça, desde o início, de encarar o mistério sem angústia. Talvez até esteja mais próximo da verdade se eu disser que, tacitamente, sem dizer palavra, a própria criança mo esclarecera. Tornara absurda toda a acusação, e minhas conclusões aí viçaram com o verdadeiro e róseo rubor da sua inocência: ele era apenas demasiado delicado, demasiado sincero para o pequeno mundo impuro e repelente dos colégios — e pagou caro por isso. Fiz a amarga reflexão de que dar a impressão de uma individualidade diferente das outras e mostrar-se de qualidade superior sempre acaba por provocar uma vingança da maioria — o que pode até incluir diretores de colégio, se estes são estúpidos e interesseiros.

Ambas as crianças eram dotadas de uma doçura tão grande — era o seu único defeito — que as tornava (como direi?) quase impessoais e, indubitavelmente, impossíveis de castigar. Eram — moralmente ao menos — como esses querubins da anedota, nos quais nada havia a espancar. Lembro-me de haver sentido, especialmente em relação a Miles, que ele não tinha história. Esperamos de uma criança que ela a tenha, ainda que pequena; mas, neste menino, havia qualquer coisa extraordinariamente sensível, todavia extraordinariamente feliz, que me dava a sensação — mais do que qualquer outra criança da sua idade que eu até ali conhecera — de que ele nascia de novo todas as manhãs. Não, ele jamais sofrera um segundo sequer. Era essa uma prova positiva que eu tinha a opor à ideia de que um dia se lhe infligira um castigo verdadeiro. Se tivesse tido mau comportamento, tê-lo-ia "levado", e eu também o "levaria" em ricochete, ou pelo menos teria encontrado indícios... Não achei coisa alguma, e, consequentemente, ele era um anjo. Nunca aludiu à escola, nunca mencionou um colega ou professor. De minha parte, o meu desgosto pelo assunto era demasiado grande para que eu lhe fizesse qualquer alusão.

Evidentemente, eu estava enfeitiçada, e o maravilhoso da história era que eu sabia perfeitamente, mesmo naquela altura, que o estava. Todavia me entregava: era um antídoto à mágoa, e eu tinha mais de uma. As notícias de casa eram inquietadoras, as coisas lá não iam bem. Mas, em companhia das crianças, que me importava o resto do mundo? Era essa a pergunta que eu me fazia nos meus retiros descontínuos. Estava fascinada pela sua beleza.

Certo domingo — é mister continuar, seja como for —, choveu tanto e durante tantas horas que não pudemos, como era de hábito, marchar em procissão até a igreja. Assim, enquanto o dia declinava, combinei com a sra. Grose que, se o tempo melhorasse, iríamos juntas assistir ao culto da noite. A chuva felizmente cessou, e eu me preparei para o passeio que, através do parque e da boa estrada que levava à aldeia, era questão de uns vinte minutos. Quando eu descia para me reunir à minha companheira no saguão, lembrei-me de um par de luvas que tinham precisado de alguns pontos e que os receberam — com uma publicidade pouco edificante, talvez — enquanto eu estava à mesa do chá com as crianças. Eram elas servidas aos domingos, excepcionalmente, nesse templo escarolado e frio, de cobre e de acaju, que era a sala de jantar dos "grandes". Foi ali que eu deixara cair as luvas e para ali foi que voltei para apanhá-las.

O dia já estava bastante escuro, mas a luz da tarde ainda se arrastava e permitiu-me, ao cruzar a soleira, não apenas reconhecer, sobre uma cadeira perto da grande janela então fechada, o objeto que eu buscava, mas também perceber, do lado de fora, uma pessoa que olhava diretamente para dentro da sala. Bastou-me um passo: a visão foi instantânea, tudo estava lá. A pessoa que olhava para dentro era a mesma que já me havia aparecido.

Apareceu-me, desta vez, não direi com maior nitidez — era impossível —, mas com uma proximidade que denotava um progresso em nossas relações. A esse encontro, perdi a respiração, senti-me enregelar da cabeça aos pés. Era o mesmo; era o mesmo, e visto, desta vez, como nunca antes, da cintura para cima, pois a janela, embora a sala de jantar fosse térrea, não descia até o terraço onde ele se encontrava. O rosto encostado na vidraça, o efeito desta segunda visão serviu, estranhamente, para me mostrar como a primeira tinha sido intensa. Ele ali se demorou não mais que alguns segundos, o suficiente para me convencer de que, também ele, me havia visto e reconhecido; mas para mim foi como se eu tivesse passado anos a fitá-lo e sempre o tivesse conhecido.

Qualquer coisa, porém, aconteceu que não acontecera da outra vez: o olhar que me fixava o rosto através da vidraça e da outra extremidade da sala era duro e penetrante como antes, mas desviou-se um momento, durante o qual pude segui-lo e vê-lo pousar consecutivamente sobre vários objetos. Imediatamente se me acrescentou o choque de uma certeza: não era por mim que ele estava lá; viera ali por outra pessoa.

Essa convicção — que me atravessou como um relâmpago (era bem uma convicção em meio ao terror) — produziu em mim o efeito mais extraordinário, dando início a uma súbita vibração de coragem e de dever a cumprir. Digo "coragem" pois, sem nenhuma dúvida, eu já não era dona de mim. Precipitei-me da sala de jantar para fora, ganhei a porta da entrada e num minuto achei-me na aleia. Contornando o terraço o mais depressa que pude, virei um ângulo e descortinei inteiramente... coisa nenhuma, pois meu visitante havia desaparecido. Estaquei; e, ao alívio que senti, quase caí no chão. Mas abrangendo a cena em sua totalidade, dei-lhe tempo para reaparecer. Digo "tempo", mas quanto durou? Hoje não posso verdadeiramente precisar a duração desses acontecimentos. Essa noção de medida devia com certeza haver-me abandonado: os acontecimentos não podem ter durado como então me pareceram realmente durar. O terraço e o edifício, o relvado e o jardim, tudo quanto me era possível avistar do parque, tudo estava vazio de um imenso vazio. Havia arbustos e árvores altas; lembro-me porém da nítida certeza de que nada o escondia. Ou ele estava ali, ou não estava: se eu não o via, é que não estava. Agarrei-me a essa ideia; depois, instintivamente, em vez de voltar por onde viera, dirigi-me para a janela. Vagamente se me afigurava que eu devia colocar-me no mesmo lugar onde ele estivera. Assim fiz. Encostei o rosto na vidraça e olhei, como ele olhara, para dentro da sala. Justamente nesse instante, como para me mostrar qual tinha sido o alcance do seu olhar, sra. Grose, tal como eu, entrou na sala, provindo do saguão. Tive assim a perfeita repetição da primeira cena. Ela viu-me, assim como eu vira o visitante; parou de repente, como eu o fizera. Produzi-lhe quase o mesmo choque que eu recebera. Ela ficou pálida, o que me levou a perguntar-me se eu também empalidecera tanto. Em suma: encarou-me, depois se retirou, exatamente como *eu*. Percebi que saíra da casa para procurar-me e que eu iria vê-la. Permaneci onde estava, e, enquanto esperava, muitos pensamentos me passaram pelo espírito. Mas há apenas um que aproveito o espaço para mencionar: admirou-me ver que *ela* também ficara transtornada.

VI

Oh! Ela mo fez saber logo que, avultando à minha vista, dobrou um ângulo da casa:

— Em nome do céu, que aconteceu?

Estava vermelha e ofegava.

Calada, esperei que ela chegasse mais perto.

— Comigo?

A expressão do meu rosto devia ser estupenda.

— Vê-se no rosto?

— Está branca como um lençol... Horrível...

Refleti: eu podia, sem escrúpulo, com um tal pretexto, afrontar a inocência mais intacta. Minha necessidade de respeitar o viço da inocência da sra. Grose escorregara-me dos ombros sem o menor atrito, e, se hesitei um instante, isso não foi devido à ideia de ocultar o que sabia.

Estendi-lhe a mão e ela a segurou; abracei-a com alguma força, gostando de a sentir bem próxima de mim. Era-me uma espécie de apoio o tímido arfar da sua surpresa.

— Veio buscar-me para ir à igreja, naturalmente... mas não posso ir.

— Aconteceu alguma coisa?

— Sim. Agora é preciso que a senhora saiba. Eu tinha um ar muito esquisito?

— Por detrás da vidraça? Oh, estava medonha!

— É que levei um susto — disse eu.

Os olhos da sra. Grose exprimiam claramente que ela não tinha vontade alguma de levar outro, mas que, não obstante isso, conhecia muito bem as suas obrigações para se furtar a partilhar comigo qualquer aborrecimento que acaso sobreviesse. Oh, já estava estabelecido que ela *devia* partilhá-lo!

— O que a senhora viu há pouco da sala de jantar foi o efeito disso. O que *eu* vi, um pouco antes, foi muito pior.

Sua mão apertou a minha com mais força.

— Que foi?

— Um homem extraordinário, que olhava para dentro.

— Que homem extraordinário?

— Não tenho a menor ideia.

Debalde a sra. Grose circunvagou o olhar em derredor.

— E depois, para onde foi?

— Sei ainda menos.

— Já o viu antes?

— Sim... uma vez... na torre velha.

Ela me olhou ainda mais fixamente.

— Quer dizer que é um desconhecido?

— Completamente!

— Entretanto, não me disse nada...

— Tinha razão para não dizer. Mas agora que a senhora adivinhou...

Os olhos redondos da sra. Grose apararam esta afirmação sem pestanejar.

— Ah! Não foi que adivinhasse — disse muito simplesmente. — Como poderia, se a *senhorita* mesma não imagina?

— Não. Absolutamente não posso imaginar.

— Nunca o viu em parte alguma, exceto na torre?

— E neste lugar, agora mesmo.

A sra. Grose tornou a olhar em torno.

— Que fazia ele na torre?

— Só estava lá e olhava-me.

Ela refletiu um instante.

— Era um *gentleman*?

Parece que não me foi preciso refletir.

— Oh, não!

Ela me fitou com um espanto crescente.

— Não era — confirmei.

— Não era ninguém daqui? Ninguém da aldeia?

— Ninguém, ninguém. Não lhe disse nada, mas tratei de me certificar.

Ela respirou, vagamente aliviada. Coisa singular, seria melhor assim? Mas não foi muito longe:

— Se não é um *gentleman*...

— Um *gentleman*? Uma abominação!

— Uma abominação?

— Ele é... e Deus me perdoe se sei o *que* ele é!

A sra. Grose tornou a olhar em torno: fixou os olhos nos longes que já escureciam; depois, voltando a si, virou-se para mim com uma brusca inconsequência:

— Já é hora de estarmos na igreja!

— Oh, não estou em estado de ir à igreja!

— Não lhe fará bem?

— A *eles* é que não fará bem... — E meneei a cabeça em direção à casa.

— Às crianças?

— Não posso deixá-las sozinhas.

— Está com medo?

Respondi ousadamente:

— Tenho medo *dele*...

No largo rosto da sra. Grose transpareceu, pela primeira vez, o tênue brilho longínquo de uma consciência mais penetrante; surgiu, diante de mim, como o dealbar tardio de uma ideia que não fui eu que lhe dei e que, além disso, ainda me era completamente obscura.

Lembro-me de ter pensado imediatamente que havia ali qualquer coisa da qual eu poderia tirar partido — qualquer coisa que senti ligada ao desejo que ela tinha de saber mais.

— Quando foi aquilo... na torre?

— Aproximadamente nos meados do mês. A esta mesma hora.

— Quase ao escurecer? — perguntou a sra. Grose.

— Oh, não! Nada disso. Eu o vi como estou vendo a senhora.

— E, então, como foi que ele pôde entrar?

Pus-me a rir.

— E como pôde sair? Não tive ocasião de perguntar. Esta noite, como vê, não pôde entrar.

— Ele apenas olha?

— Espero que se limite a isso!

Ela soltara minha mão, afastara-se um pouco. Esperei um instante, depois falei:

— Vá à igreja. Adeus. Fico vigiando.

Ela voltou-se lentamente para mim.

— Receia por eles?

Trocamos novamente um longo olhar.

— E a *senhora*, não receia?

Em vez de responder-me, ela se aproximou da janela e encostou o rosto na vidraça.

— Vê como ele enxergava? — continuei.

Ela não se mexeu.

— Quanto tempo ficou aqui?

— Até quando saí. Saí ao encontro dele.

A sra. Grose finalmente se voltou, e seu rosto exprimia uma infinidade de coisas.

— *Eu* não teria podido sair ao seu encontro...

— Nem eu! — exclamei, tornando a rir. — Mas saí. Era minha obrigação.

— Minha também — retrucou ela, acrescentando em seguida: — Com quem se parecia?

— Morro de vontade de lhe dizer; mas como, se ele não se parece com ninguém?

— Com ninguém? — repetiu ela como um eco.

— Estava sem chapéu.

E vendo, pelo seu rosto, que já nisto ela reconhecia, com emoção crescente, um sinal característico, acrescentei rapidamente, pincelada a pincelada:

— Tem cabelos vermelhos, muito vermelhos, e bem crespos; rosto pálido, de forma alongada, com feições regulares e corretas; e pequenas suíças, um tanto singulares, tão vermelhas como os cabelos. As sobrancelhas, um pouco mais escuras, são particularmente arqueadas e se diriam muito móveis. Os olhos são penetrantes, estranhos, horrivelmente estranhos. Mas tudo quanto posso afirmar é que estão mais para pequenos do que para grandes, e fixos. Tem boca grande e lábios finos e, com exceção das suíças, tem todo o rosto bem barbeado. Deu-me a impressão de ator.

— Ator!

Era em todo caso impossível a sra. Grose parecer-se menos com um deles naquele momento.

— Nunca vi um ator, mas imagino como é. O homem era alto, ágil, ereto... mas *gentleman*, isso nunca!

O rosto de minha companheira, enquanto eu falava, tinha empalidecido. Estava boquiaberta e os olhos se lhe arredondaram de susto.

— A senhora conhece-o?

Era visível que ela tentava dominar-se.

— *Era* bonito? — perguntou.

Percebi que devia animá-la.

— Notavelmente!

— E vestido...

— Com roupa alheia. Elegante, mas não era dele.

Ela rompeu num gemido sufocado de afirmação:

— São do patrão!

Apanhei a deixa:

— Então a senhora o *conhecia*?

Ela fraquejou, apenas um segundo.

— Quint! — exclamou.

— Quint?

— Peter Quint. Empregado dele, seu criado de quarto, quando ele estava aqui.

— Quando nosso patrão estava aqui?

Ainda ofegante, mas desejosa de me satisfazer, ela acumulava pormenores.

— Ele nunca usava chapéu, mas usava... isto é, desapareceram vários coletes. Ambos estiveram aqui no ano passado. O patrão foi-se embora e Quint ficou sozinho.

Eu seguia-a, um pouco anelante.

— Sozinho?

— Sozinho *conosco*.

E, como de uma maior profundidade, extraiu as seguintes palavras:

— Em serviço.

— E que aconteceu com ele?

Ela fez uma pausa tão longa que fiquei ainda mais confusa.

— Também se foi — acabou por dizer.

— Para onde?

A essas palavras, a sua expressão se tornou extraordinária.

— Deus sabe para onde! Morreu!

— Morreu?! — quase gritei.

Ela pareceu francamente solidificar-se na sua resolução, plantar-se firmemente nos pés para melhor exprimir o fato assombroso:

— Sim. O sr. Quint morreu.

VII

Naturalmente, foi-nos necessário mais de um episódio desses para colocar a ambas ao mesmo tempo em presença daquilo com que teríamos de viver daí por diante como bem pudéssemos: a minha terrível receptividade a visões do gênero, da qual foram dados exemplos tão impressionantes, e o conhecimento agora adquirido pela minha companheira — conhecimento que era metade consternação, metade compaixão — dessa receptividade.

Naquela noite, depois da revelação que me prostrara por mais de uma hora, não houve, para nenhuma de nós, nenhum culto de igreja, mas sim um pequeno culto de lágrimas e votos, de preces e promessas — apogeu de uma série de compromissos e juramentos recíprocos consecutivos à nossa retirada para a sala de estudos, onde nos trancamos para nos explicarmos a fundo. O resultado dessa explicação foi simplesmente reduzir a situação ao extremo rigor de seus elementos. Ela própria não tinha visto nada, nem a sombra de uma sombra, e ninguém na casa, exceto a governanta, estava na crítica situação. Entretanto ela aceitava, sem impugnar diretamente a minha sanidade mental, a verdade que eu lhe apresentava, e terminou por me testemunhar, nessa circunstância, uma ternura mesclada de temor e uma deferência em face do meu duvidoso privilégio das quais o próprio sopro perdura em minha memória como a carícia da mais doce das caridades humanas.

Naquela noite, ficou definitivamente assente entre nós a opinião de que julgávamos poder suportar, juntas, o que o futuro nos reservava; e eu não estava convencida de que, a despeito da sua isenção do dom fatal, fosse ela quem tivesse de suportar a melhor parte do fardo. Creio que sabia naquela hora, bem como o soube mais tarde, o que eu era capaz de enfrentar visando à proteção dos meus pupilos; mas levei algum tempo para adquirir a mais absoluta certeza da capacidade da minha aliada para cumprir os termos de um contrato tão arriscado. Eu era para ela uma estranha companhia, tão estranha quanto a companhia que eu própria desfrutava; e, voltando ao passado, vejo o quanto de terreno comum deveríamos ter achado na única ideia que, por sorte, nos *podia* dar firmeza. Refiro-me à ideia, ao segundo movimento, que, por assim dizer, me tirou da câmara secreta do meu terror. Era-me dado tomar ar no pátio e aí encontrar a sra. Grose. Lembro-me perfeitamente do modo peculiar como recuperei um pouco de força, antes de nos separarmos para a noite.

Havíamos repassado e tornado a repassar todos os aspectos da aventura.

— Disse que ele procurava alguém; alguém que não era a senhora?

— Procurava o pequeno Miles. — Eu me achava possuída de uma portentosa lucidez. — Era a *ele* que o homem procurava!

— Mas como o sabe?

— Eu sei, eu sei, eu sei! — Minha exaltação crescia. — E a *senhora* também sabe, minha cara!

Ela não negou, mas mesmo essa certeza me era indispensável.

Depois de uma pausa, a sra. Grose prosseguiu:

— E se *ele* o visse?

— O pequeno Miles? Não quer outra coisa!

Ela tornou a parecer imensamente assustada.

— O menino?

— Deus nos livre! O homem. Ele quer aparecer-*lhes*...

Que pudesse fazê-lo era uma concepção horripilante, e, entretanto, de certo modo, eu podia mantê-lo afastado; consegui praticamente prová-lo enquanto ali permanecíamos. Eu tinha a certeza absoluta de que voltaria a ver o que já vira, mas algo em mim dizia que, oferecendo-me corajosamente como único objeto dessa experiência — aceitando, provocando e superando tudo quanto tinha de acontecer —, eu iria servir de vítima expiatória, preservando a tranquilidade de todos os membros da família. Pelas crianças, em particular, apararia os golpes e as salvaria de todo mal. Lembro-me de uma das últimas coisas que naquela noite disse a sra. Grose:

— Surpreende-me que meus pupilos nunca tenham aludido a...

Ela olhou-me fixamente enquanto eu prosseguia, pensativa:

— ...a ele e ao tempo que passaram em sua companhia?

— Nem ao tempo que ele passou com eles, nem ao seu nome, nem à sua presença, nem à sua história... a nada, absolutamente!

— Oh! A menina não pode se lembrar! Nunca viu nada nem soube de nada...

— Das circunstâncias em que ele morreu? — Refleti com uma certa intensidade. — Talvez não. Miles porém devia se lembrar, devia saber...

— Ah! Não lhe pergunte nada — deixou escapar sra. Grose.

Retribuí o olhar que ela me lançou.

— Não tenha receio. — E continuei a refletir: — Isso *é* esquisito...

— Miles não ter jamais falado dele?

— Nem feito a menor alusão... A senhora diz que eram grandes amigos?

— Oh, *ele* não! — protestou a sra. Grose, enfaticamente. — Era um capricho de Quint. Brincava com ele; quero dizer, estragava-o.

Fez uma pausa, depois acrescentou:

— Quint tomava muitas liberdades.

A essas palavras, evocando repentinamente uma visão do rosto dele — e *que* rosto! —, experimentei uma súbita sensação de náusea.

— Tomava liberdades com o *meu* menino!

— Tomava liberdades com todo mundo!

Renunciei, naquele instante, a analisar tal declaração, simplesmente refletindo que ela podia se aplicar a várias pessoas ali residentes, à meia dúzia de criados e criadas que compunham a nossa pequena colônia. Havia entretanto um motivo para nos tornar apreensivas no próprio fato de que nenhuma história constrangedora, nenhuma perturbação do elemento servil tivesse, desde tempos imemoriais, se ligado à velha e amável mansão. Não tinha má fama nem reputação escandalosa, e era evidente que a sra. Grose apenas desejava agarrar-se a mim e estremecer calada. Cheguei, por último, a fazer um teste com ela. Era meia-noite. Ela pôs a mão na maçaneta da porta da sala de aula, para se retirar.

— Então a senhora me afirmou, e isso tem grande importância, que, definitivamente, confessadamente, ele era um mau sujeito?

— Oh! Confessadamente, não. *Eu* sabia... mas não nosso patrão.

— E a senhora nunca lhe contou?

— Ele não gostava de mexericos... detestava reclamações. Estava longe de tudo isso, e se as pessoas procediam corretamente para com *ele*...

— Pouco se amolava com o resto?

Isso quadrava exatamente à impressão que ele me havia dado: não era com efeito um homem que gostasse de amolações, tampouco era demasiado exigente no que dizia respeito a algumas pessoas que o cercavam. Apesar disso, insisti com a minha interlocutora:

— Digo-lhe que *eu* teria contado!

Ela percebeu a discriminação.

— Não digo que não estivesse errada. Mas tinha medo...

— Medo de quê?

— Das coisas que esse homem podia fazer. Quint era tão inteligente, tão perspicaz!

Essas palavras me impressionaram, provavelmente mais do que deixei transparecer.

— Não tinha medo de outra coisa? Do seu efeito?

— Seu efeito? — repetiu ela numa expressão de angústia e expectativa enquanto eu gaguejava.

— Do seu efeito nessas pequenas vidas preciosas. Estavam a cargo da senhora!

— Não, não estavam! — respondeu ela francamente, dolorosamente. — Nosso patrão confiava nele e instalou-o aqui. Dizia-se que estava doente e que o ar do campo lhe seria salutar. Ele dava opinião sobre todos os assuntos. Sim — confessou ela —, até naquilo que *lhes* dizia respeito!

— Às crianças? Aquela criatura? — Tive de abafar uma espécie de gemido. — E a senhora pôde tolerá-lo?

— Não, não pude. Não posso, mesmo agora...

E a pobre mulher rompeu a chorar.

A partir do dia seguinte, segundo eu disse, uma rigorosa vigilância devia segui-los por toda parte; entretempo, quantas vezes, durante aquela semana, não retornamos apaixonadamente ao assunto! Por mais que houvéssemos discutido naquela noite de domingo, perseguia-me, sobretudo nas primeiras horas da noite — pode-se imaginar se pude dormir... —, perseguia-me a suspeita de que ela não me havia dito tudo. Eu por mim não dissimulara coisa alguma, mas havia algo que sra. Grose guardava para si. Pela manhã, entretanto, percebi que ela o fazia não por falta de franqueza, mas porque havia perigos por todos os lados.

Parece-me, em retrospecto, que à hora em que o sol ia alto no céu, eu já havia, na minha agitação, tirado dos fatos que enfrentávamos quase todo o sentido que, mais tarde, circunstâncias mais cruéis poriam em evidência. O que eu via, antes de tudo, era a figura sinistra do homem então vivo — o morto podia esperar — e os meses que ele passara em Bly, que, adicionados, representavam uma formidável extensão.

Esse triste período só se encerrou quando, na madrugada de um dia de inverno, na estrada que saía da aldeia, Peter Quint, frio como pedra, foi encontrado por um lavrador que se dirigia para o trabalho. A catástrofe foi explicada, superficialmente pelo menos, por um ferimento visível na cabeça; um ferimento que podia ter sido produzido — e que, segundo testemunha, com efeito *fora* — por um fatal escorregão no escuro ao sair ele da taverna, na íngreme encosta coberta de gelo — ao fim e ao cabo, um caminho errado —, ao pé da qual ele jazia.

A encosta gelada e o rumo errado mercê do escuro e da bebida explicaram muita coisa; praticamente explicaram tudo, depois do inquérito e intermináveis falatórios. Mas havia em sua vida uma porção de coisas — estranhas passagens e perigos, secretas desordens, convívios mais que suspeitos — que podiam ter explicado muito mais.

Mal posso traduzir em palavras a minha história para apresentar uma imagem crível do meu estado de ânimo; mas, naquela época, eu era literalmente capaz de encontrar alegria no extraordinário surto de heroísmo que a ocasião exigia de mim. Agora vejo que um serviço difícil e admirável me fora exigido, e que haveria alguma grandeza em mostrar — a quem de direito, naturalmente! — que eu seria bem-sucedida lá onde outros haviam falhado. Foi para mim um auxílio imenso — confesso que me aplaudo quando lanço um olhar retrospectivo — ter encarado com tamanha força e simplicidade o serviço que me incumbia. Eu estava lá para proteger e defender as criaturinhas mais desamparadas e mais comoventes do mundo, cuja fraqueza clamava por ajuda de um modo que se tornara demasiado explícito e que permanecia em meu coração rendido como uma dor contínua e penetrante. Em conjunto, estávamos isolados do mundo, todavia unidos pelo mesmo perigo. Eles não tinham senão eu; e eu... bem, eu tinha a *eles*. Em uma palavra, a ocasião era magnífica. Essa ocasião se me apresentava sob uma imagem extraordinariamente concreta. Eu era um biombo: tinha de ficar à sua frente. Quanto mais eu visse, tanto menos eles veriam. Pus-me a observá-los com uma atenção contida, por assim dizer, com uma tensão dissimulada que bem poderia, se longamente continuada, conduzir-me à loucura. O que me salvou, agora vejo, foi o rumo diferente que as coisas tomaram. A tensão não durou: foi ultrapassada por horríveis provas. Provas, digo eu, que tais foram os acontecimentos a partir do instante em que percebi completamente a situação.

Esse instante datou de uma certa hora da tarde que passei sozinha no jardim com minha aluna. Havíamos deixado Miles em casa, na almofada vermelha de um assento de janela de ângulo; ele queria acabar de ler um livro, e eu fiquei satisfeita de animar propósito tão louvável em um rapazinho cujo único defeito era um excesso ocasional de irreprimível mobilidade. Sua irmã, ao contrário, apressara-se em acompanhar-me, e vagueei com ela uma meia hora procurando sombra, pois o sol ainda ia alto e o dia estava excepcionalmente caloroso. Notei, mais uma vez, à medida que andávamos, como ela conseguia, bem como o irmão — e era em ambos uma qualidade fascinante —, deixar-me só sem contudo parecer que me abandonava e acompanhar-me sem todavia me causar o menor constrangimento. Nunca importunos e, igualmente, nunca desatentos. Toda a minha vigilância se limitava a vê-los divertirem-se enormemente sem o meu concurso. Dir-se-ia que preparavam entusiasticamente um espetáculo no qual eu me empenhava como admiradora militante. Eu vivia num mundo de sua invenção: nunca sentiam necessidade de recorrer ao meu. Não me requisitavam, exceto para representar alguém ou alguma coisa notável no jogo do momento, e, graças à minha situação superior e respeitada, isso não passava de uma simples sinecura muito agradável e extremamente distinta. Esqueço-me do papel que representava na ocasião. Só me lembro que era o de uma personagem muito importante e muito tranquila, e que Flora contracenava com todas as veras. Estávamos à beira do lago; e, como recentemente houvéssemos começado o estudo de geografia, o lago era o mar de Azov.

De repente, entre esses diversos elementos, veio-me a consciência de que um espectador interessado nos observava da outra margem do mar de Azov. A maneira como essa concepção se formou em mim foi a coisa mais estranha do mundo — isto é, seria a mais estranha, se não fosse a concepção ainda mais estranha com a qual ela rapidamente se fundiu. Eu estava sentada com um bordado no colo — pois era uma personagem que podia sentar-se — no antigo banco de pedra, sobranceiro ao lago; e nessa posição comecei a perceber, sem ilusão possível — entretanto, sem ver diretamente —, a presença, a certa distância, de uma terceira pessoa.

As velhas árvores e o espesso arvoredo davam uma sombra profunda e deliciosa, mas tudo se banhava no esplendor da hora cálida e tranquila. Nada de ambíguo no que quer que fosse; em todo caso, nada de ambíguo na convicção que em mim se formara, instantaneamente, sobre o que eu veria diretamente à minha frente e na outra margem do lago se levantasse os olhos. Nesta conjuntura estavam ambos baixados para o bordado, e ainda posso sentir o espasmo do meu esforço em não movê-los até que me sentisse suficientemente calma para resolver como reagir. Havia à vista um objeto forasteiro — uma figura à qual, imediatamente, apaixonadamente, eu contestava o direito de estar ali. Lembro-me de ter enumerado todos os casos possíveis, chamando a minha própria atenção para o fato de que nada era mais natural, por exemplo, do que a presença naquele lugar de um dos empregados da propriedade ou mesmo de um mensageiro, um carteiro ou um moço de armazém da aldeia. Mas essa observação não conseguiu impressionar a convicção que eu tinha — a certeza, sem precisar levantar os olhos —, tampouco o caráter e a atitude do nosso visitante. Nada mais natural que essas coisas serem justamente aquilo que não eram absolutamente...

Para me certificar da identidade da aparição, seria preciso que a hora da ação tivesse soado no relógio da minha coragem; enquanto isso, com um esforço que já me custava demasiado, transferi meu olhar para a pequena Flora, que naquele momento brincava a dez metros de mim. Por um instante meu coração cessou de bater, tais o meu terror e aflição, enquanto eu me perguntava se também ela teria visto alguma coisa; e contive a respiração, esperando aquilo que um grito, um sinal repentino e espontâneo, de susto ou surpresa, me iriam revelar. Esperei, mas nada aconteceu; depois — e há nisso, sinto-o, qualquer coisa mais sinistra do que em todo o resto — invadiu-me, em primeiro lugar, a sensação de que, fazia um minuto, ela caíra num silêncio absoluto; observei, em seguida, que fazia igualmente um minuto que havia ela, na sua brincadeira, voltado as costas para o lago. Era essa a sua atitude quando afinal a olhei — e a olhei com a convicção inabalável de que continuávamos, ambas, sob uma observação pessoal direta. Ela havia apanhado um pedaço achatado de madeira com um furo no meio, o que evidentemente lhe sugeriu enfiar nesse furo uma varinha à guisa de mastro e transformar o conjunto num bote. Esse segundo fragmento, enquanto eu a observava, ela experimentava, com um cuidado e atenção incríveis, inserir no lugar do furo. Quando compreendi o que fazia, senti-me aliviada, ao ponto de, alguns segundos mais tarde, estar pronta para mais. Depois, mais uma vez, meus olhos mudaram de direção — e afrontei o que não podia deixar de afrontar.

VIII

Assim que pude agarrei a sra. Grose, e não me foi possível relatar-lhe, de maneira inteligível, como lutei, no intervalo, para chegar a uma conclusão. Entretanto, ainda escuto que gritei, atirando-me impetuosamente nos seus braços:

— Eles *sabem*! É por demais monstruoso! Eles sabem! Eles sabem!

— Pelo amor de Deus, que é que eles sabem?

Senti-lhe a incredulidade enquanto ela me estreitava nos braços.

— Sabem tudo o que *nós* sabemos, e sabe Deus que mais!

Depois relaxou o abraço, e eu dei início à explicação. Talvez só então eu explicasse as coisas a mim própria, com inteira coerência.

— Faz duas horas, no jardim... — Mal pude articular. — Flora *viu*!

A sra. Grose recebeu a comunicação como quem recebe um golpe em pleno estômago.

— Ela lhe contou? — murmurou, arquejando.

— Nem uma palavra! E isso é que é horrível. Guardou para si mesma. Uma criança de oito anos, *essa* criança!

Impossível exprimir a minha estupefação.

A sra. Grose, naturalmente, só podia abrir mais a boca.

— E como é que a senhora sabe?

— Eu estava lá, eu vi com meus próprios olhos. Vi que ela percebeu perfeitamente...

— Refere-se à presença *dele*?

— Não: à *dela*!

Tinha consciência, enquanto falava, que a minha expressão revelava prodígios, pois que eu os via lentamente refletidos no rosto da minha companheira.

— Desta vez era outra pessoa... mas igualmente uma figura irremediavelmente votada ao mal e ao horror... uma mulher de preto, pálida, horrorosa, e com tal expressão, tal cara... na outra margem do lago. Eu estava lá com a pequena, muito sossegada, quando ela chegou.

— Chegou? Como? Chegou de onde?

— De onde *eles* costumam vir! Ela simplesmente apareceu e permaneceu de pé, mas não muito próximo...

— E não se aproximou?

— Oh! Pela sensação e o efeito que produziu, era como se estivesse tão perto como a senhora.

Cedendo a um singular impulso, minha amiga recuou um passo.

— A senhora já a viu alguma vez?

— Não, jamais. Mas a pequena a conhece. A senhora também. — E para lhe provar que eu refletira e chegara a uma conclusão: — É a minha predecessora; a que morreu.

— A srta. Jessel?

— A srta. Jessel. Não acredita em mim? — insisti.

Em sua aflição, ela se virava para a direita e para a esquerda.

— Como pode ter certeza?

No estado em que estavam meus nervos, essa pergunta provocou em mim um acesso de impaciência.

— Está bem! Pergunte a Flora: a certeza, *ela* a tem! — Mas nem bem pronunciara essas palavras, me contive. — Mas não, pelo amor de Deus, *não* faça isso! Ela dirá que não tem, dirá uma mentira!

Sra. Grose não estava tão confusa que instintivamente não protestasse:

— Oh! Como *ousa* a senhora?

— Porque sou franca. Flora não quer que eu saiba.

— Faz isso só para a poupar.

— Não, não... aí há abismos, abismos! Quanto mais penso, mais percebo; e quanto mais percebo, mais temo. Não há o que eu *não* perceba, o que eu *não* tema...

Sra. Grose tentou seguir-me:

— Quer dizer que tem medo de tornar a vê-la?

— Oh, não! Isso, agora, a meus olhos, não é *nada*! — E expliquei: — Não, é a ideia de não voltar a vê-la que me dá medo.

Mas a minha companheira continuava perplexa.

— Não compreendo a senhorita.

— O que temo é que a menina seja capaz de guardar isso para si. Na certa, é o que *fará*... sem que eu saiba.

Diante de tal perspectiva, a sra. Grose pareceu um instante vencida; logo, porém, recuperou-se, como impelida pela força positiva da ideia de que, se cedêssemos sequer uma polegada, isso realmente importaria num recuo.

— Calma, calma! Não podemos perder a cabeça! No final das contas, tanto faz... — Chegou a tentar uma piada sinistra: — Quem sabe se ela até gosta...

— Um toquinho de gente, gostar de coisas *desse* jaez?

— Mas não é exatamente uma prova de sua bendita inocência? — perguntou bravamente minha amiga.

Naquele instante, quase me convenceu.

— Oh, agarremo-nos a *isso*! É preciso agarrarmo-nos a isso! Se não é uma prova daquilo que a senhora diz, então é uma prova... Deus sabe do quê! Pois essa mulher é o pior dos horrores!

A sra. Grose ficou um momento com os olhos pregados no chão; afinal levantou-os:

— Diga-me, como o sabe?

— Então a senhora admite que é ela mesma? — exclamei.

— Diga-me, como o sabe? — repetiu simplesmente minha amiga.

— Como sei? Basta vê-la! O seu modo de olhar...

— O seu modo de *a* olhar, quer dizer... tão perversamente...

— Palavra que não! Isso eu teria podido suportar. Ela nem me olhou. Só fitou a criança.

A sra. Grose tentou visualizar a cena.

— Fitou-a?

— E com que olhos! Medonhos!

Ela me encarou, como se os meus se lhe pudessem assemelhar.

— Quer dizer que exprimiam aversão?

— Prouvera Deus! Muito pior!

— Pior que aversão?

Ela já não compreendia mais nada.

— Com olhos de uma determinação implacável, indescritível, que exprimiam uma espécie de intenção furiosa...

Isto a fez empalidecer.

— Intenção?

— Intenção de se apoderar da menina.

Os olhos da sra. Grose pousaram um instante nos meus; depois ela estremeceu e encaminhou-se para a janela. Enquanto ela ali permanecia, olhando para fora, completei a sentença:

— É *isso* o que Flora sabe!

Dentro em pouco minha amiga voltou:

— Essa pessoa estava de preto, conforme diz?

— Estava de luto. Um luto bastante pobre, quase em farrapos. Mas... não havia dúvida... era de uma beleza extraordinária.

Compreendia agora onde, passo a passo, havia conduzido a vítima da minha confidência, pois era visível que ela ponderava as minhas últimas palavras.

— Sim, bela... muito bela — insisti. — Maravilhosamente bela. Mas infame.

A sra. Grose se aproximou lentamente de mim.

— A srta. Jessel... era uma infame.

Tornou a segurar minha mão entre as suas e a apertou com força, como para me fortalecer contra o acréscimo de pavor que tal revelação me pudesse causar.

— Eram ambos infames — disse afinal.

Por um breve instante, tornamos a olhar a verdade de frente, e foi-me realmente um consolo contemplá-la à sua verdadeira luz.

— Aprecio devidamente — disse eu — o grande decoro que, até aqui, a impediu de falar. Mas chegou a hora de me revelar toda a verdade.

Ela pareceu aquiescer às minhas palavras, mas permaneceu calada. Vendo isso, prossegui:

— Agora é preciso que me diga: de que morreu ela? Vamos. Havia alguma coisa entre eles.

— Havia muita coisa... havia tudo...

— A despeito da diferença...?

— De classe, sim, de condição. — E terminou magoadamente: — *Ela* era uma *lady*.

Refleti, voltei a compreender:

— Sim, ela era uma *lady*.

— E ele estava tão abaixo dela! — disse sra. Grose.

Senti que não devia insistir demasiado, em semelhante companhia, sobre o lugar que ocupa uma criada na escala social; mas nada me impedia de aceitar o padrão com o qual ela media a decadência da minha predecessora. Havia um jeito, e eu o empreguei, com tanto mais facilidade quanto agora tinha diante dos olhos — demasiado real — a imagem do criado particular que estivera ao serviço de nosso patrão. Inteligente, sim; belo moço; mas também imprudente, arrogante, mimado, depravado...

— Esse indivíduo era um sabujo.

A sra. Grose refletiu, como se se tratasse de estabelecer uma nuança.

— Nunca vi ninguém como ele. Fazia o que queria.

— Com *ela*?

— Com todos.

Agora era como se a própria srta. Jessel tivesse aparecido aos olhos de minha amiga. A mim também, ela me pareceu um instante tão distinta como eu a vira junto ao lago, e declarei com grande decisão:

— Decerto é porque *ela* também queria...

O rosto da sra. Grose pareceu exprimir aquiescência à minha ideia, mas ela acrescentou:

— Pobre mulher! Pagou caro!

— Então a senhora sabe do que foi que ela morreu? — perguntei.

— Não, não sei de nada. Não procurei saber. E foi bom. Agradeci a Deus por ela ter saído daqui!

— Mas na ocasião a senhora já devia saber...

— A razão por que ela saiu daqui? Quanto a isso, sim! Ela não podia ficar. Pense só: uma governanta, e aqui mesmo! Mais tarde imaginei... ainda imagino, e o que imagino é horrível!

— Não tão horrível como o que *eu* imagino! — respondi.

E assim dizendo, lhe devo ter mostrado uma expressão fisionômica — verdadeira porém demasiado consciente — da mais amarga derrota. Isto tornou a suscitar toda a sua compaixão por mim, e a essa nova demonstração de bondade a minha força de resistência se quebrou: rompi, assim como a fizera romper anteriormente, em lágrimas. Ela me apertou ao seio e meus lamentos transbordaram.

— Não consigo! — solucei desesperadamente. — Não os salvo nem protejo! É pior do que eu imaginava: ambos estão perdidos!

IX

Era verdade o que eu dissera a sra. Grose: no assunto que eu lhe expusera havia abismos, possibilidades que eu carecia de coragem para sondar; de modo que, quando tornamos a nos encontrar no estupor que a aventura nos inspirava, reconhecemos, de comum acordo, que era nosso dever resistir às extravagantes fantasias da imaginação. Era preciso, ao menos, conservar o sangue-frio, mesmo que tudo mais nos escapasse — embora isso fosse difícil em face daquilo que, em nossa prodigiosa experiência, parecia menos discutível.

Tarde da noite, enquanto a casa dormia, tivemos outra conversa no meu quarto; e ela chegou a reconhecer, sem dúvida, que eu vira — realmente vira — aquilo que lhe contara.

Para mais a apertar, só me restava perguntar-lhe como, se eu tinha inventado a história, me teria sido possível fazer de cada pessoa que me apareceu um retrato que revelava, nos mínimos pormenores, seus sinais particulares, mediante os quais ela as havia instantaneamente reconhecido e nomeado. Ela desejava, naturalmente — e não se podia censurá-la —, abafar toda a história, e eu me apressei em afirmar-lhe que o meu interesse na mesma agora se transformara, violentamente, na procura de um meio para escapar-lhe.

Adotei a sua opinião de que com a repetição — que considerávamos natural — eu me acostumaria ao perigo e declarei abertamente que o risco em que eu incorria de repente se tornara a menor das minhas preocupações. A última suspeita é que era insuportável, e, entretanto, até a esta complicação as horas mais tardias da noite trouxeram algum alívio.

Deixando-a logo após o meu primeiro acesso de desespero, voltei naturalmente a meus pupilos, associando o remédio próprio para curar o meu transtorno àquela impressão de encanto que eles irradiavam — impressão que eu já sabia dever positivamente cultivar e que ainda não me havia falhado. Por outras palavras, tornara simplesmente a mergulhar na especial companhia de Flora, voltando a perceber — era quase um luxo! — que ela podia conscientemente pousar a mão no lugar dolorido. Ela me olhou com um doce olhar perscrutador e em seguida acusou-me de ter chorado. Pensei que havia apagado os feios indícios; mas pude, ao pé da letra, rejubilar-me, a essa infinita caridade, pelo fato de tais indícios ainda não haverem inteiramente desaparecido. Contemplar o azul profundo dos olhos da menina e dizer que a sua beleza era a armadilha de uma astúcia precoce seria tornar-me culpada de um cinismo ao qual, naturalmente, eu preferia sacrificar meu julgamento e, na medida do possível, a minha inquietação. Não se pode sacrificar um julgamento simplesmente porque se quer sacrificá-lo, mas poder-se-ia dizer — assim como muitas e muitas vezes repeti até o raiar da aurora — que, com a voz dos meus pupilos soando no ar, seus corpinhos apertados de encontro ao meu coração e seus rostos perfumados de encontro à minha face, tudo no universo se desvanecia, exceto a sua infância e a sua beleza. Era uma pena — disse-o de uma vez por todas — ter de fazer entrar em linha de conta os gestos sutis que, naquela tarde, junto ao lago, transformara em milagre o meu autodomínio. Era uma pena ver-me constrangida a tornar a analisar a realidade daquele momento e repetir que eu me sentira invadida pela revelação de que aquela comunhão inconcebível, surpresa para mim, devia ser, para ambos, uma coisa costumeira. Era uma pena eu ter de balbuciar mais uma vez as razões que não me fizeram hesitar um instante sequer em crer que a menininha via a nossa visitante com a mesma nitidez com que na realidade eu via a própria sra. Grose, e que ela desejava, pelo fato de ter visto, fazer-me supor que não vira e, ao mesmo tempo, sem se trair, adivinhar se eu tinha visto alguma coisa! Era uma pena que me fosse preciso recapitular as inquietadoras pequenas manobras com as quais ela procurara distrair-me a atenção: o muito perceptível recrudescimento da sua atividade, a maior intensidade do seu jogo, sua cançãozinha, sua infantil tagarelice e o seu convite para brincar.

Entretanto, se não me tivesse entregado a esse exame — no desígnio de provar a mim mesma que não havia nada —, eu teria deixado escapar os dois ou três vagos motivos de reconforto que me restavam. Por exemplo, não estaria habilitada a asseverar à minha amiga que eu tinha certeza de não me haver traído — o que já era uma vantagem. Eu não teria, pela força da necessidade, pela desesperação mental (nem sei como chamar-lhe!), invocado um ulterior recurso à minha inteligência, tal como o que poderia advir pelo fato de eu encostar francamente minha amiga à parede. Pouco a pouco, instada por mim, ela já me dissera bastante. Restava todavia um escuso cantinho tenebroso cuja sombra ainda vinha, por momentos, roçar-me a fronte como uma asa de morcego.

Lembro-me como, naquela ocasião — pois a casa adormecida e a conjunção do nosso risco e da nossa vigília pareciam ajudar —, percebi toda a importância que era dar uma derradeira sacudidela à cortina que vedava o mistério.

— Não acredito numa coisa tão horrível — lembro-me de haver dito. — Vamos aclarar isso definitivamente, minha cara: não acredito. Mas, se acreditasse, a senhora sabe, há qualquer coisa que, nesta altura, eu exigiria da senhora, sem nenhuma intenção de a poupar nem um pouquinho — oh! nem uma migalha, vamos! — Em que pensava quando, comovida à leitura da carta, antes de Miles chegar do colégio, a senhora respondeu, cedendo à minha insistência, que não podia literalmente jurar que ele *nunca* tivesse se comportado "mal"? Literalmente, pois "nunca" se comportou mal nessas semanas em que eu com ele convivi e de tão perto o observei; foi, ao contrário, um imperturbável prodigiozinho de adorável sedução e bom comportamento. Em consequência, a senhora poderia ter tomado a sua defesa, se já não lhe tivesse feito uma restrição, como aconteceu. Que restrição, ou exceção, era essa e a que circunstância da sua experiência pessoal a senhora aludia?

Era essa uma pergunta terrivelmente séria, mas a leviandade nos era alheia no momento. Fosse como fosse, antes que a madrugada cor de cinza nos advertisse que era tempo de nos separarmos, obtive a resposta que procurava.

O que a minha companheira pensara quadrava estranhamente ao resto da aventura. Era nem mais nem menos do que o fato de Quint e o menino, durante um período de muitos meses, terem estado perpetuamente juntos. Ela se arriscara a criticar a conveniência, a assinalar a incongruência de uma aliança tão estreita, e chegou ao ponto de falar francamente com a srta. Jessel sobre o assunto. Esta, porém, assumiu uma atitude muito estranha, rogando-lhe que não se metesse com a vida alheia, e a boa mulher, à vista disso, dirigiu-se diretamente a Miles. O que ela lhe disse — quando insisti em saber — foi que *ela* gostava de ver um jovem *gentleman* não esquecer a classe a que pertencia.

A isso, tornei a insistir, naturalmente:

— Lembrou a Miles que Quint era um vil mercenário?

— A senhora o disse! E a resposta dele, em primeiro lugar, não foi boa...

— E em segundo? — Fiz uma pausa. — Ele repetiu suas palavras a Quint?

— Não, isso não. É exatamente o que *não* faria!

Ela ainda tentava impressionar-me.

— Eu tinha certeza, fosse lá como fosse — acrescentou —, de que não as repetiria. Mas negou certas circunstâncias.

— Que circunstâncias?

— Aquelas em que eles se comportavam como se Quint fosse seu preceptor, e um preceptor de grande classe, e como se a srta. Jessel não fosse encarregada senão da menininha. Quero dizer, quando ele saía com esse indivíduo e passava horas inteiras com ele.

— E ele tergiversou? Disse que não?

Seu assentimento foi bastante claro para me permitir acrescentar pouco depois:

— Estou vendo: ele mentiu.

— Oh! — murmurou a sra. Grose.

Esse murmúrio sugeria que a coisa tinha pouca importância, e ela o corroborou com a seguinte observação:

— Veja a senhora: no final das contas, era indiferente a srta. Jessel. Ela não lhe proibia.

Refleti.

— Ele disse-lhe como justificação?

A isso, ela deixou cair:

— Não. Ele nunca falou a esse respeito.

— Ele nunca falou dela, relacionando-a a Quint?

Percebendo onde eu queria chegar, a sra. Grose enrubesceu visivelmente.

— Ele nunca demonstrou saber qualquer coisa a esse respeito. Negou — repetiu a sra. Grose —, negou.

Senhor, como eu continuava a insistir!

— De modo que a senhora percebeu que ele sabia o que se passava entre esses dois miseráveis?

— Não sei, não sei... — gemeu a pobre mulher.

— Sim, a senhora sabe, minha pobre amiga — respondi. — Só que não tem a minha terrível audácia de imaginação e esconde por timidez, por pudor e por delicadeza até essa impressão que, outrora, quando sozinha suspeitava e tateava em silêncio, a fazia mais infeliz do que todos as outras. Mas acabarei por arrancá-la. O menino tinha qualquer coisa — prossegui — que fazia a senhora acreditar que ele encobria e dissimulava as suas relações?

— Oh! Não podia impedir...

— Que a senhora soubesse a verdade? Bem imagino! Mas santo Deus! — E meu pensamento me arrebatou violentamente. — Como isso mostra o que eles teriam podido fazer dele!

— Ah! Nada que *agora* não esteja bem! — alegou lugubremente a sra. Grose.

— Não me admira o seu ar estranho — continuei — quando falei à senhora sobre a carta que o colégio mandou!

— Duvido que o meu ar fosse tão estranho como o seu! — retrucou ela com uma ênfase ingênua. — Pois se então ele era tão mau quanto a senhora quer dizer, como se faz que agora é um anjo?

— É verdade... se era um demônio no colégio... Como, como pode ser? Pois bem — disse eu do fundo do meu tormento —, é preciso que a senhora volte a perguntar-me, embora tenha de passar algum tempo antes que eu lhe dê resposta. Mas volte a perguntar! — gritei-lhe de um modo tal, que ela me fitou, estupefata.

— Há direções que não devo trilhar neste momento.

Em seguida retornei ao primeiro exemplo citado por ela, aquele que ela mencionara anteriormente: a feliz disposição de Miles para um deslize ocasional.

— Se Quint, à repreensão que a senhora lhe fez na época a que aludiu, era um vil mercenário, uma das coisas que Miles lhe teria respondido, adivinho, é que a senhora era outra!

Ainda aí foi tal o seu assentimento que continuei:

— A senhora perdoou-lhe?

— E a *senhorita*, não lhe perdoaria?

— Oh, sim!

E trocamos, na paz noturna, uma risada de singular hilaridade. Prossegui:

— Em todo caso, enquanto ele estava com o homem...

Respondeu-me com uma piada:

— Srta. Flora estava com a mulher, e isso convinha a todo mundo.

Também me convinha, pensei, querendo dizer que também convinha à mortal suspeita que eu estava justamente querendo sufocar. Consegui, entretanto, conter tão bem a expressão do meu pensamento que aqui não lançarei outra luz sobre o mesmo além da que se possa oferecer mediante a citação do meu final reparo a sra. Grose:

— Confesso que a mentira dele e sua insolência são sintomas menos sedutores do que eu esperava da erupção, nele, do homenzinho natural. Apesar disso — ponderei —, devem ser levados em conta, pois fazem-me sentir mais que nunca que é mister vigiar.

Fez-me corar, logo em seguida, o fato de ver, na expressão facial de minha amiga, quão irrestritamente ela lhe havia perdoado — muito mais do que a sua piada poderia levar minha própria ternura a fazê-lo. Isso veio à tona quando, à porta da sala de estudos, ela me deixou:

— A senhora decerto não *o* acusa...

— De manter relações que me dissimulam? Ah! Lembre-se de que, até prova em contrário, não acuso ninguém.

Depois, antes de ela fechar a porta que se dirigia, por outra passagem, para o seu próprio domicílio, eu disse, à guisa de conclusão:

— Só resta esperar.

X

E esperei. E, esperando, os dias, no seu decurso, levaram qualquer coisa da minha consternação. Com efeito, bastou um pequeno número desses dias — que decorreram sem incidentes e durante os quais não perdi de vista meus pupilos — para eu passar como que uma esponja sobre as amargas cismas e mesmo sobre as recordações odiosas. Já me referi à minha rendição à sua extraordinária graça infantil, como de um sentimento que eu podia diligentemente cultivar, e pode-se imaginar se eu agora negligenciava dirigir-me a esse manancial em busca do que ele me pudesse conceder. Meu esforço na luta contra a luz que se fazia no meu cérebro era mais estranho do que posso descrever; mas a tensão teria sido ainda maior não fosse esse esforço frequentemente recompensado. Seguidamente perguntava-me como podiam os meus pupilos deixar de adivinhar as coisas singulares que eu pensava a seu respeito; e o fato de que essas coisas singulares os tornavam ainda mais interessantes não me ajudava a conservá-los na ignorância. Eu tremia à ideia de que eles percebessem quão imensamente mais interessantes eles *eram*. Em todo caso, mesmo na pior das hipóteses — como eu sempre pensava nas minhas meditações —, qualquer sombra lançada sobre a sua inocência — pobres criaturinhas predestinadas! — não constituía senão uma razão a mais para eu me expor aos perigos.

Havia momentos em que, impelida por um impulso irresistível, eu não podia me impedir de os agarrar e apertar nos meus braços. Nem bem o fazia, dizia com meus botões:

"Que vão pensar disso? Será que não me traí?"

Teria sido fácil meter-me em tristes e loucas complicações se quisesse discutir até que ponto eu podia me trair. Sentia, porém, que a verdadeira razão das horas tranquilas que eu ainda desfrutava era o imediato encanto pessoal dos meus amiguinhos constituir um feitiço, ainda eficaz, muito embora o roçasse a leve possibilidade de ser premeditado. Pois se não me escapava que as breves explosões da minha ternura podiam despertar suas suspeitas, lembro-me também de me haver perguntado se não haveria qualquer coisa de singular no aumento perceptível de suas próprias demonstrações.

Foram para comigo, naquela época, de uma ternura extravagante, fora do comum; o que não era, no final das contas, mais do que a natural reação de crianças habituadas tanto à atenção quanto ao carinho. Essa homenagem, da qual eram pródigos, exerceu sobre meus nervos um efeito tão bom como se nunca antes eu tivesse, por assim dizer, percebido que era intencional. Nunca antes haviam demonstrado tal desejo de fazer qualquer coisa pela sua pobre governanta; isto é, bem que se aplicassem cada vez mais nas lições, o que, naturalmente, era para ela o mais grato dos prazeres, nunca haviam demonstrado o desejo de diverti-la, distraí-la ou fazer-lhe surpresas. Agora liam para ela, contavam-lhe histórias, encenavam-lhe charadas, apareciam-lhe de repente sob diversos disfarces — animais ou personagens históricos —, acima de tudo surpreendendo-a com trechos secretamente decorados, que podiam repetir interminavelmente. Nunca chegarei ao fim — mesmo que agora o quisesse — dos prodigiosos comentários reservados, todos sob retificações ainda mais reservadas, mediante os quais, naquela época, eu marcava a plenitude daquelas horas. Desde o início haviam revelado uma facilidade para tudo — uma faculdade geral que, sob novo impulso, realizava voos notáveis. Perfaziam suas pequenas tarefas como se as amassem e divertiam-se, pelo prazer de exercer seu dom, com miúdos milagres de memória que nunca lhes impus. Não eram apenas tigres ou romanos que surgiam diante de mim, mas personagens de Shakespeare, astrônomos, navegadores... O caso era de tal modo singular que contribuiu, presumivelmente em grande parte, para o fato que até hoje não posso explicar de outra maneira: refiro-me à calma anormal com que voltei a encarar a questão de um novo colégio para Miles. Tudo de que me lembro é que, na época, eu me contentava em não tocar no assunto e que esse contentamento devia ter nascido da impressão em mim produzida pelas provas constantes da sua grande inteligência. Era por demais bem dotado, demasiadamente inteligente para que uma pobre governanta, uma modesta filha de pastor, pudesse estragá-lo; e o mais estranho, senão o mais brilhante, dos fios da tapeçaria mental a que venho de aludir era a sensação de que, tivesse eu ousado analisá-la, ter-se-ia formulado com a maior nitidez: ele estava sujeito a uma influência que operava em sua jovem vida intelectual como um prodigioso incitamento.

Se era, entretanto, fácil refletir que tal menino podia retardar sua entrada no colégio, era pelo menos tão evidente que, para tal rapaz, ser "expulso" da escola por um diretor constituía igualmente um mistério inexplicável. Deixem-me acrescentar que, em sua companhia — e eu tinha o cuidado de quase nunca dispensá-la —, não me era dado seguir muito tempo nenhuma pista. Vivíamos num turbilhão de música, de ternura, de realizações e representações teatrais. O senso musical de ambas as crianças era dos mais notáveis, mas a mais velha possuía especialmente o dom maravilhoso de lembrar e repetir o que tinha ouvido. O piano da sala de estudos ressoava nas mais fantásticas improvisações, e, à falta de música, eram conciliábulos pelos cantos — e depois um deles desaparecia para "regressar" sob um novo aspecto. Eu própria tive irmãos, e não era uma revelação para mim a idolatria submissa que as meninas podiam conceber para com os meninos. O mais surpreendente era haver no mundo um menino que usava de consideração para com uma idade, um sexo e uma inteligência considerados inferiores. Eram ambos extraordinariamente unidos, e dizer que nunca se queixaram um do outro ou que nunca brigaram equivale a um grosseiro elogio em face da íntima ternura que os unia. Às vezes, porém, quando eu descambava para a vulgaridade, descobria neles indícios de pequenas combinações, graças às quais um me distraía a atenção enquanto o outro escapulia. Há um *lado* ingênuo, acredito, em toda diplomacia; mas se os meus pupilos a punham em prática para comigo, isso faziam, certamente, com um mínimo de maldade. Foi em outro setor que, após um período de calma, essa maldade se manifestou.

Vejo que estou hesitando; tenho, entretanto, de dar o mergulho. Prosseguindo no relatório do que era odioso em Bly, não apenas lanço um repto à confiança mais generosa — o que pouco me importa; mas — e isto já é outro assunto — renovo o que sofri, torno a palmilhar até o fim a mesma estrada. Chegou de súbito uma hora após a qual, olhando para trás, tudo me parece haver sido puro sofrimento; mas eis-me no coração do drama, e a melhor saída consiste indubitavelmente em avançar.

Uma noite — sem nenhuma advertência ou preparação — senti roçar-me o sopro gelado da primeira noite em que ali cheguei. A sensação, na primeira vez, foi muito leve e sem dúvida não teria deixado a mínima lembrança não fosse a perturbação dos dias subsequentes. Eu não me deitara; alumiada por um par de velas, sentei-me e comecei a ler. Havia em Bly um quarto atopetado de velhos livros, entre os quais se encontravam alguns romances do século anterior. Demasiado célebres para que se pudesse pôr em dúvida a sua má reputação, não o eram entretanto suficientemente para penetrar, ainda que sob a forma de um exemplar extraviado, naquela casa afastada e para atrair a curiosidade não declarada da minha juventude. Lembro-me que se tratava do romance *Amélia*, de Fielding, e que eu estava inteiramente desperta. Lembro-me, também, de ter tido a vaga ideia de que era horrivelmente tarde e de que não quis consultar meu relógio. Ainda vejo o cortinado branco envolvendo, segundo a moda do tempo, a cabeceira do leito da pequena Flora e protegendo, tal como muito antes eu já averiguara, a perfeita tranquilidade do seu sono infantil. Em uma palavra, lembro-me de que, a despeito do meu vivo interesse pela leitura, ao virar uma página perdi subitamente o fio da história e, levantando os olhos do livro, fixei-os na porta do meu quarto. Fiquei um momento escutando; e aquela vaga sensação, experimentada na primeira noite, de que qualquer coisa indefinível se movia pela casa retornou-me ao espírito. A leve aragem da janela aberta agitava docemente o estore descido até a metade. Então, com todos os sintomas de um sangue-frio magnífico de ver-se (se alguém ali estivesse para admirá-lo), depus o livro, levantei-me e, apanhando uma vela, saí resolutamente do quarto e, já no corredor, onde a luz da vela pouca impressão fazia, puxei silenciosamente a porta e a fechei a chave.

Hoje não poderei dizer a que motivo eu obedecia ou que fim eu perseguia, mas avancei direto pelo corredor, mantendo alta a vela, até chegar à vista da alta janela que dominava o amplo cotovelo da escada. E aí, repentinamente, percebi três coisas; foram praticamente simultâneas; vieram-me, entretanto, em relâmpagos sucessivos. A vela, em seguida a um brusco movimento, se apagou, e percebi, pela janela sem cortinas, que a noite ia no fim e que o dia nascente a tornava desnecessária. Sem ela, um instante depois, percebi que havia um vulto na escada. Falo em ideias sucessivas, mas não foram precisos muitos segundos para eu me enrijar para um terceiro encontro com Quint. A aparição atingira o patamar do meio da escada; estava, em consequência, no lugar mais próximo da janela quando, ao ver-me, estacou repentinamente. Não havia dúvida possível: era Quint. Ele me encarou, exatamente do mesmo modo com que me encarara do alto da torre e através da vidraça do andar térreo. Reconheceu-me, assim como eu também o reconheci, e assim ficamos, um em frente ao outro — na fria madrugada cor de cinza, enquanto uma claridade brilhava no alto vitral e outra embaixo, no encerado da escada de carvalho —, fitando-nos reciprocamente com a mesma intensidade. Nesse momento, ele era, no sentido mais absoluto, uma presença viva, detestável; uma perigosa presença. Mas a maravilha das maravilhas não foi essa. Essa distinção, eu a reservo para uma diferente circunstância: a de que o medo me havia indiscutivelmente abandonado, e que em mim coisa alguma se recusava a afrontá-lo e a se medir com ele.

Depois desse momento extraordinário fiquei bastante angustiada, mas, louvado seja Deus, já não tinha terror. E ele sabia que eu não tinha: bastou um breve instante para eu adquirir a magnífica certeza. Senti, com uma feroz confiança, que pelo menos algum tempo eu deixaria de temê-lo, e com efeito, durante esse minuto, a coisa era, consequentemente, tão viva, tão atroz como um encontro real. Atroz justamente porque era natural, tão natural como podia ser, nessas horas menores, numa casa mergulhada no sono, o encontro com um inimigo, um aventureiro, um criminoso. Bastava o silêncio mortal do longo olhar, tão próximo, com que nos fixávamos para emprestar a todo aquele horror, por mais monstruoso que fosse, a sua única nota sobrenatural. Naquela hora e naquele lugar, tivesse eu encontrado um assassino, pelo menos nos teríamos falado. Qualquer coisa viva se teria passado entre nós. Ou, se nada se passasse, um dentre nós se teria mexido.

 O momento foi tão prolongado que pouco faltou para me fazer duvidar até de estar viva. Não posso descrever o que se seguiu, exceto se disser que o próprio silêncio — que de certa maneira era o atestado da minha força — se transformou no elemento onde vi o vulto desaparecer. Vi-o voltar as costas — como teria podido vê-lo fazer ao receber uma ordem — e, com os olhos pregados nas costas ignóbeis do miserável, que nenhuma gibosidade podia tornar mais disformes, vi-o descer a escada e se fundir na sombra onde o lance imediato mergulhava.

XI

Permaneci algum tempo no alto da escada, mas apenas para me dar conta de que o visitante se fora, de fato. Em seguida voltei para meu quarto. A primeira coisa que me chamou a atenção, à luz da vela que deixara acesa, foi ver que o leito de Flora estava vazio. Isso me cortou a respiração e produziu em mim todo o terror que ainda há cinco minutos eu conseguira dominar. Precipitei-me para o lugar onde a deixara deitada e sobre o qual (a pequena colcha e os lençóis de seda estavam em desordem) o cortinado branco fora maliciosamente corrido. Ao rumor de meus passos — que alívio inexprimível! — outro rumor respondeu. Notei que o estore da janela se mexia, e a menina, curvada para passar por baixo, emergiu, do outro lado, toda cor-de-rosa. E ali ficou, em sua camisolinha de noite e sua grande candura, com os róseos pezinhos nus e o dourado de seus cabelos reluzindo. Tinha um ar profundamente grave, e nunca senti, de tal maneira, a impressão de perder uma vantagem recentemente adquirida — uma vantagem cuja sensação de vitória fora de tal modo prodigiosa! — como quando compreendi que ela me dirigia uma censura:

— Mazinha que a senhora é: onde *esteve*?

Assim, em vez de censurar a sua indisciplina, era eu que estava sendo acusada e dando explicações! Quanto a ela, explicou-se com a mais encantadora, a mais pressurosa simplicidade. Súbito percebera minha ausência e saltara do leito para averiguar o que me acontecera. À alegria do seu reaparecimento, deixei-me cair numa cadeira, sentindo pela primeira vez — e só essa vez — um pouco de fraqueza. Ela correu diretamente para mim e atirou-se no meu regaço para que eu a abraçasse, expondo à plena luz da vela o seu maravilhoso rostinho estremunhado de sono. Lembro-me de que fechei um instante os olhos, entregando-me, conscientemente, ao excesso de qualquer coisa muito linda que brilhava em suas pupilas azuis.

— Procurava-me fora da janela? — perguntei. — Pensou que eu estivesse no jardim?

— Isto é, a senhora sabe... pensei que alguém estivesse lá... — disse-me sem empalidecer, toda sorridente.

Ah, como a olhei!

— E viu alguém?

— Ah, *não*! — respondeu. Privilégio da inconsciência infantil, parecia um tanto ressentida, embora houvesse uma doçura prolongada na maneira com que arrastou a negativa.

Nesse momento, e no meu nervosismo, estava certa de que ela mentia; e se tornei a cerrar os olhos, isso fiz ofuscada pelas três ou quatro soluções que me surgiram no espírito.

Uma delas me tentou um breve instante, com uma força tão singular que, para resistir, apertei a menina contra mim num furioso abraço, que ela suportou sem qualquer grito ou manifestação de medo. Por que não me explicar com ela e acabar com toda a história? Por que não lhe atirar tudo em pleno rosto — naquele sedutor e luminoso rostinho?

"Está vendo... está vendo... não pode negar, uma vez que está vendo... Já suspeita que eu sei... Por que, então, não confessar francamente, para podermos carregá-lo juntas? E, quem sabe, na estranheza do nosso destino, descobrirmos onde estamos e o que significa isso?"

Mas, ai! Essa solicitação murchou, assim como viera. Se eu tivesse imediatamente sucumbido, ter-me-ia poupado o que ides ver. Mas em vez de sucumbir, fiquei subitamente em pé, olhei para sua cama e optei — que remédio? — pela moderação.

— Por que correu o cortinado, para me fazer crer que ainda estava ali?

Flora refletiu lucidamente, depois disse, com o seu divino sorriso:

— Porque não quis assustar a senhora.

— Mas se eu tivesse saído, segundo você pensava...

Ela se recusou absolutamente a se deixar confundir: fitava a chama da vela como se a pergunta fosse tão irrelevante ou, de qualquer forma, tão impessoal como a sra. Marcet[*] ou nove vezes nove.

---

[*] Jane Marcet (1769-1858), escritora de populares livros introdutórios à ciência. (N. E.)

— Oh! — respondeu com uma lógica inatacável. — A senhora bem sabia que podia voltar de uma hora para outra... e foi isso o que *fez*!

E pouco depois, quando ela se deitou, precisei, para dar-lhe a prova do apropositado que foi meu regresso, ficar muito tempo sentada quase em cima dela, segurando-lhe a mão.

Podeis imaginar o que foram minhas noites a partir desse dia. Frequentemente ficava de vigília até não sei que hora, aproveitava os momentos em que a criança indiscutivelmente dormia para me esgueirar para fora do quarto e percorrer silenciosamente os corredores. Às vezes chegava mesmo a ir até o lugar onde encontrara Quint pela última vez. Nunca, porém, tornei a vê-lo ali e posso dizer que nunca mais o vi no interior da casa. Por outro lado, deixei de encontrar na escada uma outra aventura. Olhando do patamar para baixo, percebi certa vez a presença de uma mulher, sentada nos últimos degraus; estava de costas para mim; e seu corpo, curvado em dois, e a cabeça nas mãos davam a impressão de que era presa de um grande sofrimento. Ali fiquei apenas um momento quando ela desapareceu, sem me olhar. Não obstante isso, eu sabia exatamente o rosto horrível que ela teria podido mostrar e ponderei que, se eu estivesse embaixo, em vez de estar em cima, teria ido a seu encontro com o mesmo sangue-frio que ainda recentemente mostrara a Quint. Ah! Não faltavam ocasiões para demonstração de sangue-frio! Na décima primeira noite depois do meu encontro com aquele senhor — agora eu as contava —, tive um alarme que perigosamente roçou por ele e que, por inesperado, quase se me provou o maior choque de todos. Era justamente a primeira noite desse período quando, exausta pelas reiteradas vigílias, pensei que podia recolher-me às mesmas horas de antes, sem ser tachada de negligente.

Imediatamente adormeci e, como depois soube, dormi até uma hora da manhã, mais ou menos. Quando acordei, foi para pôr-me ereta e tão desperta como se alguém me houvesse sacudido. Deixara acesa uma luz, agora apagada, e eu tive a súbita certeza de que Flora a apagara. Isso me fez saltar da cama e, no escuro, dirigir-me diretamente à dela: estava vazia. Um olhar para a janela me esclareceu e o riscar de um fósforo completou o quadro.

A criança tornara a levantar-se, desta vez apagando a luz, e, ou fosse para olhar alguma coisa, ou fosse para responder a alguém, encolhera-se debaixo do estore e espiava a noite. Que estava prestes a ver alguma coisa — o que, segundo eu averiguara, não aconteceu na última vez — me foi provado pelo fato de nada a incomodar: nem a luz que eu voltara a acender, nem os movimentos precipitados com os quais eu calçava as pantufas e me envolvia no roupão. Oculta, protegida, atenta, ela se apoiava, evidentemente, no peitoril da janela, que se abria para fora, e estava inteiramente absorvida. Ajudava-a uma enorme lua tranquila — razão a mais para eu precipitar a minha decisão. Estava ela face a face com a aparição que encontráramos no lago e agora podia comunicar-se com ela como não pudera fazê-lo naquela ocasião. Quanto a mim, era-me preciso atingir pelo corredor, sem incomodar a criança, uma outra janela com a mesma perspectiva. Ganhei a porta sem ser pressentida, saí, fechei-a e, já do outro lado, pus-me à escuta de algum rumor.

Enquanto eu estava no corredor, minha vista caiu na porta do seu irmão, que ficava a dez passos e que, de um modo inexprimível, tornou a suscitar em mim aquele estranho impulso que chamei de "minha tentação". Que aconteceria se eu entrasse diretamente ali e me debruçasse da *sua* janela? Se acaso, arriscando desvendar o motivo do meu procedimento diante da sua estupefação de menino, eu atirasse o laço da minha audácia no resto do mistério?

Esta ideia me possuiu, a ponto de eu me dirigir para o seu limiar, onde fiz nova pausa. Com o ouvido atento até o último limite de minhas forças, eu imaginava coisas prodigiosas; perguntava-me se o seu leito também estaria vazio, e ele, secretamente, à espreita. Isso durou um minuto de profundo silêncio, e, quando o mesmo expirou, o impulso me havia abandonado. Ele estava tranquilo. Podia estar inocente e o risco era monstruoso; voltei. Mas... havia um vulto no meio do jardim; um vulto que rondava para ser visto, um visitante ao qual Flora respondia. Mas esse visitante nada tinha a ver com o meu menino. Novamente hesitei — mas por outras razões — e somente durante alguns segundos; tinha tomado a minha decisão.

Havia em Bly muitos quartos vazios, e apenas se tratava de escolher o que convinha. Este repentinamente se me afigurou ser o de baixo — conquanto bastante alto em face do jardim — situado naquele ângulo maciço da casa que já designei com o nome de torre velha. Era um grande quarto quadrado, pomposamente mobiliado como quarto de dormir, cujas extravagantes dimensões o tornavam tão incômodo que, fazia muitos anos, ninguém o utilizava. A sra. Grose, entretanto, conservava-o na ordem mais exemplar. Eu o havia frequentemente admirado e conhecia a sua disposição. Após haver dominado a pequena angústia que me causara a primeira lufada de ar frio, atravessei o quarto abandonado para ir, sem o menor rumor, desaferrolhar uma das folhas da janela. Feito isso, levantei o estore da vidraça e, aplicando o rosto contra o vidro, não me foi difícil — dado que a obscuridade lá fora era bem menos profunda que a do quarto — averiguar que o lugar fora bem escolhido. Vi então qualquer coisa mais.

A lua tornava a noite extraordinariamente devassável e permitiu-me ver, sobre o relvado, um vulto diminuído pela distância, postado imóvel e como que fascinado, olhando para o lugar onde eu aparecera — isto é, não tanto olhando para mim como para alguma coisa que, aparentemente, estava acima de mim. Era evidente que olhava para a torre velha. Mas a presença no relvado não era absolutamente aquela que eu esperava ver e ao encontro da qual eu me precipitava. Aquela presença no relvado — senti-me desfalecer ao averiguá-lo — era o próprio Miles!

XII

Só muito tarde no dia seguinte foi que falei à sra. Grose, pois o rigor com que eu não perdia de vista meus pupilos muitas vezes dificultava conversarmos em particular, tanto mais que igualmente evitávamos provocar, da parte dos criados, tão bem como das crianças, qualquer suspeita de secreta agitação ou de caça a algum mistério. Bastava o seu aspecto tranquilo para me transmitir uma grande segurança nesse domínio. Seu rosto repousado nada revelava das minhas horríveis confidências. Tenho a certeza de que acreditava inteiramente em mim. Se não acreditasse, não sei o que me teria acontecido, pois não teria podido, sozinha, suportar tal prova. Ela, porém, prestava uma magnífica homenagem a essa bênção que consiste na ausência de imaginação, e, como não lhe era dado ver nos meus pupilos outra coisa além do seu encanto e da sua beleza, seu aspecto feliz e sua inteligência, as causas das minhas preocupações não a afetavam diretamente. Se se apresentassem visivelmente murchos ou maltratados, a perturbação dela teria sem dúvida igualado a deles, sabendo que a origem era malsã. Mas no atual estado de coisas, eu sentia — enquanto ela os vigiava, os gordos braços brancos cruzados e o hábito da serenidade espalhado por toda a sua pessoa — que ela agradecia à divina misericórdia pela íntima convicção de que, fossem os seus tesouros despedaçados, ainda assim os cacos haveriam de servir... Nela, as labaredas da fantasia se transformavam num tranquilo fogo de lareira, e eu começava a perceber que, à medida que o tempo decorria sem novo acidente, crescia a sua convicção de que as crianças podiam cuidar de si mesmas, enquanto ela devia dirigir a sua maior solicitude para o triste caso da jovem governanta. Quanto a mim, isso me foi uma bem-vinda simplificação. Eu podia me comprometer a nada revelar pelo meu aspecto, mas ser-me-ia, nas condições em que nos encontrávamos, um enorme acréscimo de preocupação eu ter de preocupar-me com o dela.

Na hora à qual aludo, cedendo às minhas instâncias, ela fora se reunir comigo no terraço, onde, no declínio da estação, o sol da tarde era muito agradável. Sentamo-nos ali, enquanto à nossa frente, a uma certa distância (mas ao alcance da voz, se o quiséssemos), as crianças iam e vinham com um humor dos mais dóceis. Caminhavam devagar, ambas em uníssono, no relvado que se estendia a nossos pés; ele, lendo em voz alta um livro de contos, um braço passado em torno da irmã, como para a ter bem perto. Sra. Grose contemplava-os com uma sincera placidez; e só depois foi que captei o ranger intelectual contido com o qual ela se inclinava para mim a fim de obter uma vista do avesso da tapeçaria... Eu fizera dela um receptáculo de coisas tenebrosas, mas o seu singular conhecimento da minha superioridade — meus talentos e meu cargo — se revelava na paciência que ela manifestava diante da minha dor. Indefesa, expunha o seu espírito às minhas confidências como se, tendo-lhe eu proposto fazer uma caldeirada de bruxaria, ela me apresentasse como recipiente uma enorme caçarola bem lavada... Era essa a sua atitude integral, até que, no meu relato daquela noite, cheguei ao que Miles me contara depois que o vi, em hora tão intempestiva, quase no mesmo lugar onde acontecia ele estar agora e onde então desci para o apanhar; eu optara, ainda na janela, pela execução desse plano menos ruidoso, pois acima de tudo encarecia a necessidade de não alarmar ninguém na habitação. Eu já lhe havia dado a entender a escassa esperança que me animava — a despeito da sua indisfarçável simpatia — de fazer uma descrição bem-sucedida do esplendor da magnífica inspiração mediante a qual, logo que entramos em casa, o rapazinho acolheu-me o repto, já então perfeitamente articulado. Assim que, à claridade da lua, surgi no terraço, ele dirigiu-se para mim sem a menor hesitação. Tomei-lhe a mão e nada disse, e conduzi-o, através da escuridão, ao longo daquela escada onde Quint rondara, faminto pela sua presença, e ao longo do corredor onde, tremendo, eu ficara à escuta, e, daí, até seu quarto deserto.

Durante o trajeto não trocamos nem uma sílaba, e eu me perguntava — oh, *como* me perguntava! — se ele não estaria tateando o seu cerebrozinho em busca de uma resposta plausível, que não fosse demasiado grotesca. Decerto isso era uma sobrecarga para a sua faculdade inventiva, mas senti, desta vez, em face do seu embaraço não fingido, um curioso estremecimento de triunfo. O laço estava armado para o inescrutável! Já não lhe era possível passar por inocente, e como diacho sairia dessa? Palpitava em mim, com o mesmo latejar apaixonado dessa pergunta, a mesma tácita interrogação de como diacho *eu* também sairia dessa... Defrontava enfim, como nunca antes, todo o risco incluso na sondagem da minha observação apressada. Lembro-me, com efeito, que ao nos precipitarmos para dentro do seu quarto, onde a cama estava intacta e a janela, aberta à lua, tudo clareava ao ponto de não ser preciso riscar um fósforo — lembro-me como, subitamente, desfaleci e me deixei cair à beira do leito, vencida pela ideia de que agora ele devia saber que me "apanhara". Que fizesse o que quisesse com toda a inteligência de que era dotado, contanto que eu continuasse aferrada à velha tradição da criminalidade dos curadores da infância, servidores do medo e das superstições. Sim, podia-se dizer que ele me encurralara: pois quem jamais me absolveria, quem me salvaria da forca se, pela mais sutil alusão, eu era a primeira a introduzir um elemento tão atroz em nossas relações tão perfeitas? Não, não... Era inútil tentar transmitir à sra. Grose, tanto quanto tentar transmiti-lo aqui, a admiração que ele suscitou em mim durante o nosso rápido duelo no escuro. Fui, naturalmente, de todo carinhosa e compassiva. Nunca, nunca antes pousara, nos seus frágeis ombros, mãos tão ternas como aquelas com as quais, sentada à beira do leito, eu o mantinha sob o fogo. Não tinha outra alternativa senão, pelo menos formalmente, perguntar-lhe:

— Agora tem de me contar... a verdade toda. Por que saiu? Que fazia lá fora?

Ainda vejo o seu maravilhoso sorriso, o branco de seus olhos magníficos e de seus dentinhos descobertos brilharem no lusco-fusco.

— Se eu contar, será que a senhora me compreende?

A isso, meu coração subiu à boca. Ele *iria* contar? Faltou-me a voz para insistir e apenas sei que respondi com um vago trejeito e um reiterado aceno de cabeça. Ele era a doçura personificada, e enquanto eu permanecia acenando à sua frente, ele pareceu-me, mais que nunca, um jovem príncipe de contos de fada. Sim, foi a sua animação que me proporcionou uma folga. Seria tão grande a ponto de realmente induzi-lo a me contar?

— Bem — disse ele afinal —; de propósito, só para que a senhora me faça isto...

— Faça o quê?

— Para variar, que pense *mal* de mim!

Nunca esquecerei a doçura e a jovialidade com que pronunciou essas palavras, nem como, corando, inclinou-se e me beijou. E isso foi o fim. Retribuí-lhe o beijo e, enquanto o apertava nos braços, tive de fazer um esforço prodigioso para não chorar. Ele me prestou contas de sua conduta da maneira que menos me ensejou entrar em pormenores, e eu não fiz mais que confirmar a minha aquiescência às suas palavras quando, lançando um olhar em torno, perguntei-lhe:

— Então, você não se despiu?

Ele simplesmente cintilava na penumbra.

— Absolutamente. Levantei-me e comecei a ler.

— E quando desceu?

— À meia-noite. Ah! Quando quero ser mau, *sou* mau mesmo!

— Percebo, percebo. É encantador. Mas como podia ter certeza de que eu viria a saber?

— Ora, combinei tudo com Flora.

Com que presteza respondia!

— Cabia-lhe levantar e olhar pela janela.

— E foi o que fez.

Fui eu que caí no laço!

— Foi ela que perturbou a senhora; e para ver o que ela estava olhando, a senhora também olhou... também olhou e viu.

— Enquanto você — respondi — apanhava uma doença mortal no ar noturno.

De tal modo ele florescia pela proeza praticada que permitiu-se concordar radiosamente:

— Sem isso — perguntou —, estaria eu sendo tão mau como desejava?

Depois, em seguida a um novo abraço, o incidente e nossa entrevista se encerraram com o reconhecimento, de minha parte, de todas as reservas de argúcia que ele tinha à sua disposição para se permitir semelhante brincadeira.

XIII

Minha impressão particular, repito-o, me pareceu, à luz do dia, difícil de apresentar com bom êxito a sra. Grose, conquanto eu a reforçasse com mais uma observação que ele fizera antes de nos separarmos.

— Tudo reside em meia dúzia de palavras — disse-lhe —; meia dúzia de palavras que em verdade resolvem a questão. "Pense um pouco no que eu *poderia* fazer!" Lançou-me isso para mostrar como ele é bom. Sabe perfeitamente o que *poderia* fazer. Foi isso que *lhes* deu a provar no colégio!

— Oh, Senhor! Como a senhora mudou! — exclamou minha amiga.

— Absolutamente, não mudei. Apenas explico. Os quatro, pode estar certa, frequentemente se encontram. Se a senhora tivesse estado uma dessas noites com qualquer uma das crianças, teria facilmente compreendido. Quanto mais observo, quanto mais vigio, tanto mais sinto que, à falta de outra prova, o silêncio sistemático de ambos seria suficiente. *Nunca*, nem por um lapso da língua, eles aludiram a qualquer um dos seus antigos amigos; não mais do que Miles aludiu à sua própria expulsão do colégio. Oh, sim! Sentemo-nos aqui e olhemo-los, e eles se nos exibam a contento; pois mesmo quando fingem estar absorvidos nos seus contos de fada, estão é mergulhados na visão dos mortos redivivos. Pensa que ele está lendo para ela? Estão é conversando a respeito *deles*... falam horrores! Bem sei que pareço louca: é um milagre que não o esteja. Em meu lugar, se a *senhora* visse o que vi, já teria perdido o juízo. Mas isso só me tornou mais lúcida e me levou a compreender uma infinidade de coisas.

Minha lucidez devia parecer-lhe aterradora; mas as sedutoras criaturas, suas vítimas, passando e repassando à nossa frente graciosamente enlaçadas, emprestavam à incredulidade da minha companheira um forte apoio. Senti como se lhe agarrava, imperturbável, sob o vento da minha paixão, ao mesmo tempo que os devorava com os olhos.

— Que outras coisas compreendeu?

— Ora, todas aquelas que me encantaram, que me fascinaram e que, hoje percebo estranhamente, no fundo me mistificaram e transtornaram. Sua beleza mais que humana, sua bondade absolutamente fora do comum... Tudo não passa de um jogo — prossegui. — É uma política e uma fraude!

— Da parte dos anjinhos...?

— Que não passam de uns encantadores bebês? Claro! Por mais insensato que isto venha a parecer!

O próprio fato de eu me externar ajudou-me a analisar minhas impressões, a remontar às fontes e reconstituir toda a história.

— Não é que sejam bons; apenas estão ausentes. Se tem sido fácil conviver com eles, isso é porque vivem uma existência à parte da nossa. Não são meus... nossos... São dele... e dela!

— De Quint e daquela mulher?

— De Quint e daquela mulher. Querem juntar-se às crianças. Ah! Como a sra. Grose fitou as duas!

— Mas... por quê?

— Por causa de todo o mal que naqueles dias terríveis o casal lhes inoculou. Para continuarem a exercer neles esse mesmo mal e prosseguirem na sua obra demoníaca: é isso o que os traz de volta!

— Deus! — disse baixinho minha amiga.

A exclamação era ordinária, mas revelava uma verdadeira aquiescência àquela nova prova de que, nos maus tempos — pois houve tempos piores do que estes —, ali devia ter-se desenrolado um drama. Nada mais apto a me convencer do que esse simples assentimento, concedido pela sua experiência à depravação — por mais profunda que eu a suspeitasse — da nossa parelha de patifes. Ainda submissa à memória foi que deixou escapar:

— *Foram* mesmo uns patifes! Mas que poderão fazer agora? — perguntou.

— Fazer? — repeti como um eco, mas em voz tão alta que Miles e Flora, passando ao longe, pararam um instante e nos fitaram. — Não acha que já fazem bastante? — perguntei-lhe em voz mais baixa, enquanto as crianças, depois de nos sorrirem e acenarem com a mão, recomeçaram a simular.

Um momento, isso nos fascinou. Depois respondi:

— Podem destruí-los!

Desta vez, minha companheira se voltou para mim, mas a pergunta que lançou foi silenciosa, tendo como efeito tornar-me mais explícita:

— Ainda não sabem como fazê-lo, mas tentam-no com todas as forças. Até agora só se deixaram ver atrás ou além de uma coisa ou outra e em lugares altos e inesperados: em cima das torres, no telhado das casas, no exterior das janelas, na outra margem dos lagos. Mas de ambos os lados há um profundo desígnio de encurtar a distância e transpor o obstáculo. O triunfo dos tentadores é apenas questão de tempo. Só precisam não esmorecer em suas perigosas sugestões!

— E as crianças irão ter com eles?

— E perecerão na empresa!

A sra. Grose ergueu-se lentamente e eu acrescentei, tomada de escrúpulos:

— A menos, naturalmente, que o impeçamos.

De pé diante de mim, que continuava sentada, era visível que ela analisava a situação.

— É o tio delas que deve impedir que isso aconteça. Deve retirá-las daqui.

— E quem o convencerá?

Ela pareceu-me perscrutar o horizonte, depois inclinou para mim um rosto um tanto atoleimado:

— A senhorita.

— Escrevendo-lhe que sua casa está envenenada e que seu sobrinho e sua sobrinha estão loucos?

— E se *estiverem*, senhorita?

— Se eu estiver, quer dizer? Deliciosas notícias a mandar-lhe, da parte de uma pessoa que goza da sua confiança e cuja primeira razão de ser consiste em evitar-lhe qualquer aborrecimento!

Seguindo as crianças com a vista, a sra. Grose ponderou:

— Sim, ele detesta que o aborreçam... Foi a principal razão...

— Por que esses traidores o enganaram tanto tempo? Sem dúvida. Apesar de que também lhe foi preciso uma terrível indiferença. Como não sou traidora, não o enganarei.

Um instante depois, por toda resposta, minha companheira tornou a sentar-se e agarrou-me o braço:

— Em todo caso, chame-o a senhorita; que ele venha até você!

Fitei-a atônita:

— Que ele venha até *mim*? — Tive um súbito temor do que ela pudesse fazer. — Ele?

— Devia *estar* aqui, devia ajudar-nos...

Levantei-me de um salto e creio lhe haver mostrado um rosto mais estranho do que nunca.

— A senhora me vê convidando-o a me fazer uma visita?

Não; os olhos nos olhos, era evidente que a sra. Grose não via. Em vez disso — como mulher que sabe ler outra mulher —, viu aquilo que eu mesma via: sua irrisão, seu riso divertido, seu desprezo pela minha falta de aptidão para a vida solitária e o belo maquinismo que eu pusera em movimento para atrair sua atenção para os meus atrativos negligenciados. A sra. Grose não sabia — ninguém sabia — o meu orgulho em servi-lo e em ater-me fielmente às condições do contrato; mas nem por isso deixou de compreender, na devida proporção, a advertência que eu lhe fazia:

— Mas se a senhora perder a cabeça, a ponto de recorrer ao patrão em meu favor...

Ela ficou verdadeiramente assustada:

— E então, senhorita?

— Imediatamente deixarei a senhora e ele.

XIV

Estava muito bem reunir-me a Flora e Miles, mas falar-lhes se me revelou, como sempre, uma dificuldade além de minhas forças e que, vista de perto, era tão insuperável como antes. Essa situação durou um mês, cheia de novos agravantes e traços peculiares, dentre os quais o mais incisivo era a ironia consciente de meus pupilos. Não se tratava unicamente — hoje estou tão certa como outrora — da minha imaginação infernal: era fácil discernir que eles estavam ao corrente dos meus apuros e que essa estranha relação de certo modo transformou a atmosfera na qual vivíamos e perdurou por muito tempo. Não que demonstrassem malícia ou fizessem qualquer coisa vulgar — quanto a isso, nada havia a temer. O que quero dizer é que o elemento sem nome e intocado crescia entre nós a expensas de todo o resto e que, para evitá-lo com tanto êxito, era mister, de parte a parte, um sólido consentimento implícito. Era como se, por momentos, estivéssemos constantemente chegando à vista de objetos diante dos quais, subitamente, tínhamos de parar; abandonando de repente becos sem saída; fechando portas indiscretamente abertas, com uma pancada que nos levava a olhar uns para os outros, pois, como todas as pancadas, estas também eram sempre mais altas do que pretendíamos. Todos os caminhos levam a Roma; e, em certos momentos, todos os ramos de estudo e assuntos de conversação pareciam margear o terreno proibido. Terreno proibido era, em geral, a volta dos mortos, especialmente daquilo que pudesse acaso sobreviver, na memória das crianças, dos amigos que tivessem perdido. Havia dias em que eu teria jurado que um deles aplicava ao outro uma cotovelada invisível e dizia: "Ela acredita que desta vez conseguiu, mas *não conseguirá*!", devendo o "conseguiu" referir-se, por exemplo, ao menos uma vez, à moça que os preparara para a minha disciplina.

Tinham ambos um apetite insaciável e encantador por certos trechos de minha vida, com os quais frequentemente eu os regalava. Sabiam quase tudo do que me acontecera; conheciam, nos mínimos pormenores, a história das minhas mais insignificantes aventuras, bem como a de meus irmãos, minhas irmãs, o cão e o gato de casa, as singulares manias de meu pai e minha mãe, o mobiliário, a disposição da nossa morada e a conversa das velhas de minha aldeia. Tudo contado, havia muitas coisas sobre as quais podíamos palrar, contanto que falássemos depressa, não insistíssemos e soubéssemos instintivamente o que contornar e quando contornar. Possuíam ambos uma arte especial para me puxar os cordões da imaginação ou da memória; e nada como a recordação desta circunstância para me confirmar a suspeita de que eu era vigiada às escondidas. Em todo caso, só quando se tratava da *minha* vida, do *meu* passado e dos *meus* amigos é que nos sentíamos à vontade; estado de coisas que às vezes os levava, sem a menor necessidade, a evocar lembranças de pura sociabilidade. Convidavam-me — sem nenhum nexo perceptível — a repetir a *anedota* do Gansinho Bonzinho ou a confirmar as minúcias, já relatadas, sobre a inteligência do pônei do presbitério. Tanto nesses momentos quanto em outros, de todo diferentes, era que o meu "apuro" se tornava mais sensível. O fato de que os dias se escoavam sem outro encontro deveria, assim me parece, trazer algum alívio a meus nervos excitados. Desde que, na segunda noite, rocei por uma mulher no patamar, nada mais vi, dentro ou fora de casa, que melhor fora não ver. Havia muitas esquinas que, dobradas, me podiam fazer tombar sobre Quint, e muitas situações, de atmosfera sinistra, me pareciam apropriadas a uma aparição da srta. Jessel. O verão chegara, o verão partira; o outono se abatera sobre Bly, reduzindo a luz pela metade. A paisagem, com seu céu grisalho e festões murchos, seus espaços desertos e folhas mortas esparsas, era como um teatro após o espetáculo — todo juncado de programas. Eu tornava a encontrar exatamente o estado da atmosfera, as nuanças de sonoridade e de silêncio, a indizível, a inefável impressão do momento *ritual* que me trazia de volta, bastante prolongada para que eu a pudesse captar, a sensação do ambiente no qual, naquela noite de junho ao relento, eu vira Quint pela primeira vez e também no qual, em outros instantes, depois de o ver através dos vidros, saí a procurá-lo no bosque circundante. Reconheci os signos e os presságios; reconheci o tempo e o lugar. Tudo porém permanecia solitário e vazio, enquanto eu continuava indene — se é que se pode chamar de indene uma mulher cuja sensibilidade havia, do modo mais extraordinário, não declinado, porém se aprofundado.

Na minha conversa com a sra. Grose a propósito daquela horrível cena de Flora junto ao lago, eu a deixara perplexa dizendo que, agora, sentiria muito mais perder o meu poder do que conservá-lo. Expliquei-lhe longamente a ideia que me dominava: que as crianças vissem ou não vissem os espectros (pois ainda não estava definitivamente provado que os vissem), eu preferia, para a sua salvaguarda, correr o risco sozinha. Estava pronta para o pior. O que então relanceei de feio foi a ideia de que meus olhos pudessem estar selados, enquanto os deles estavam bem abertos. Pois bem: os meus olhos *pareciam-me* selados no presente — resultado pelo qual se me afigurava blasfemo não agradecer a Deus. Mas, ai! Havia aí uma dificuldade: eu lhe teria agradecido de toda minha alma não fosse a convicção — igual àquele reconhecimento — de que meus pupilos eram donos de um segredo.

Como posso hoje tornar a delinear as estranhas fases da minha obsessão? Em certos momentos, quando estávamos juntos, eu podia jurar que, literalmente — em minha presença, mas sem que eu tivesse a sensação direta —, ambos recebiam visitantes conhecidos e aos quais acolhiam cordialmente. Nesses momentos, se não me contivesse o medo de que o remédio fosse pior do que o mal que desejava combater, a minha exaltação teria transbordado:

"Eles estão aí, eles estão aí, crianças desgraçadas!", teria eu gritado. "Agora não podem negar!"

Mas as infelizes crianças tudo negavam com a força acrescentada da sua ternura e sociabilidade, de cujos abismos cristalinos — tal o lampejo cor de prata de um peixe na torrente — espiava ironicamente a vantagem que tinham sobre mim. Em verdade, o choque fora mais fundo do que pensei naquela noite em que, procurando sob as estrelas Peter Quint ou a srta. Jessel, descobrira a criança cujo sono me incumbia velar e que reentrou comigo, sempre com aquele olhar tão doce, que, naquele instante e no próprio lugar, pousou diretamente em mim — doce olhar erguido para o céu e com o qual, das ameias que nos dominavam, a sinistra aparição de Quint se comprazia em brincar. Se fosse questão de medo, a minha descoberta, nessa ocasião, me fez mais medo que qualquer outra, e foi no estado de nervos por ela produzido que tirei as minhas verdadeiras conclusões. Ficava às vezes tão atormentada que me fechava no quarto para ensaiar em voz alta — era a um tempo um alívio inexplicável e um desespero renovado — a cena que me permitiria chegar ao fundo da questão. Eu a abordava ora de um lado, ora de outro, andando agitada pelo quarto, mas a coragem invariavelmente me abandonava ante a necessidade monstruosa de citar nomes. Como estes sempre morriam nos meus lábios, eu me dizia que talvez ajudasse as crianças a formar uma imagem infame se, pronunciando esses nomes horrorosos, eu violasse a delicadeza instintiva e sem dúvida a mais rara que jamais testemunhou uma sala de aula. Quando me dizia: "*Eles* têm bastante educação para calar, e você, apesar da confiança de que desfruta, tem a vilania de falar!", eu me sentia enrubescer e cobria o rosto com as mãos.

Depois dessas cenas secretas, eu tagarelava mais que nunca, cheia de volubilidade, até o momento em que sobrevinha um dos nossos silêncios prodigiosos e tangíveis (não os posso classificar de outra maneira); a estranha, estonteante sensação de ficar suspensa ou flutuando (procuro o termo exato) em meio de um silêncio; de uma interrupção de toda vida que nada tinha a ver com o rumor maior ou menor que fazíamos no momento, e que eu podia ouvir através de qualquer explosão de jovialidade, de qualquer leitura mais rápida ou de qualquer acorde mais ruidoso do piano. É que os outros, os intrusos, estavam ali... Embora não fossem anjos, eles "passavam", como se diz na França, fazendo-me tremer de medo de que endereçassem às suas jovens vítimas alguma mensagem ainda mais infernal ou uma imagem mais viva do que aquela que julgaram suficientemente boa para mim.

O que me era mais difícil de afastar era a cruel ideia de que, tivesse eu visto o que quer que fosse, Miles e Flora ainda tinham visto *mais*... Coisas terríveis, impossíveis de adivinhar e que surgem dos horríveis momentos de sua vida comum de outrora. Tais coisas, naturalmente, deixavam na atmosfera, por algum tempo, como que uma frialdade que ruidosamente negávamos sentir; e mercê da repetição, havíamos, os três, adquirido tal prática, que, para indicar o fim do incidente, cada vez e automaticamente, executávamos os mesmos movimentos. Em todo caso, era impressionante virem as crianças beijar-me regularmente com um ímpeto desproposidado e nunca deixarem — nem uma, nem outra — de fazer a pergunta que tanto nos ajudara em mais de um perigo:

— Quando pensa que ele *virá*? Não acha que *devemos* escrever-lhe?

Nada como essa pergunta — soubemo-lo por experiência — para afugentar qualquer embaraço. "Ele", naturalmente, era o tio de Harley Street, e nós vivíamos em muita discussão teórica de que ele viria, a qualquer momento, misturar-se a nosso círculo. Era impossível dar menos incentivo a uma ficção do que ele dera a essa; mas se não tivéssemos o apoio dessa ficção, ter-nos-íamos privado, uns e outros, das nossas mais belas mistificações. Ele nunca lhes escrevia — talvez por egoísmo —, mas isto fazia parte da lisonjeira confiança que ele em mim depositava; pois a maneira pela qual um homem rende a sua mais alta homenagem a uma mulher é passível de não ser senão a mostra mais festiva de uma das leis sagradas do seu conforto pessoal. Assim me persuadi, e permaneci fiel à minha promessa de jamais o perturbar, dando a entender a Flora e Miles que as cartas que escreviam não passavam de amáveis exercícios literários, demasiado belas para serem postadas... Conservei-as comigo e ainda hoje as tenho. Essa regra que me impus não servia senão para aumentar o efeito satírico da suposição que ambos faziam — de que ele podia aparecer a qualquer hora em nosso meio. Era como se meus pupilos soubessem até que ponto uma tal visita me seria, mais que tudo, embaraçosa. Parece-me, entretanto, extraordinário, ao olhar para trás, que em tudo isso, apesar do meu nervosismo e seu triunfo, eu nunca tivesse perdido a paciência com eles.

Deviam com efeito ser adoráveis para que eu não os odiasse! Todavia, se o alívio fosse adiado por mais tempo, a exasperação não me haveria traído? Pouco importa, pois o alívio chegou. Digo "alívio" conquanto esse alívio fosse apenas a ruptura de uma corda demasiado tensa ou a explosão de uma tormenta em dia abafado. Era, enfim, uma mudança; e veio de chofre.

XV

Dirigia-me para a igreja, certo domingo de manhã, em companhia de Miles; sua irmã, bem à vista, ia adiante com a sra. Grose. Era um dia claro e seco, o primeiro desse gênero na temporada. A noite trouxera um pouco de neve, e o ar de outono, límpido e vibrante, fazia quase alegre o badalar dos sinos. Por um singular encadeamento de ideias, aconteceu, nesse momento, que me senti particular e gratamente impressionada com a obediência de meus pupilos. Por que nunca se revoltavam contra a minha inexorável, perpétua companhia? Qualquer coisa me fez ciente de que eu trazia o menino amarrado ao cós da saia e que, pela maneira com que ambos marchavam à minha frente, podia parecer que eu me precavia contra algum perigo de rebelião. Eu era uma carcereira, de olho vigilante para as possíveis surpresas e evasões. Tudo isso, porém, fazia parte — aludo à sua magnífica condescendência — do aparato especial de fatos que eram nada menos que abissais. Vestido para o domingo pelo alfaiate de seu tio (que tivera carta branca, mais a noção da beleza de um jaleco e do arzinho senhorial de Miles), trazia ele estampados de tal modo em si o seu título de independência e os direitos do seu sexo e posição que, tivesse ele tentado libertar-se, eu não teria nada a dizer. Pela mais estranha das coincidências, eu estava justamente ponderando como poderia resistir-lhe quando, sem engano possível, a revolução ocorreu. Digo "revolução" pois agora vejo de que modo, às palavras que ele proferiu, o pano se levantou sobre o último ato do meu terrível drama e a catástrofe precipitou-se.

— Diga-me, querida — começou ele docemente —, quando voltarei para o colégio?

Assim como vai transcrita, a frase parece inofensiva, ainda mais porque foi proferida com o claro timbre, a graça acariciante, mercê das quais as suas inflexões semelhavam outras tantas rosas negligentemente atiradas ao interlocutor — sobretudo quando esse interlocutor não era outro senão a sua eterna governanta. Entretanto havia nela qualquer coisa a "captar", e naquele instante eu a captei com tamanha eficácia que estagnei de repente, como se uma das árvores do parque tivesse caído atravessada na estrada. Surgiu imediatamente algo novo entre nós dois, e ele estava perfeitamente cônscio de que eu o percebera, conquanto, para me habilitar a fazê-lo, não lhe fora preciso mostrar-se menos inocente e sedutor que de costume. Quando primeiro descobri que nada tinha a responder, pude sentir que ele já havia descoberto a vantagem ganha. Demorei tanto para perceber qualquer coisa que, decorrido um minuto, ele teve tempo suficiente para prosseguir, com o seu sorriso sugestivo, mas pouco concludente:

— A senhora sabe, minha querida: um rapaz estar *sempre* com uma mulher...

Trazia constantemente nos lábios esse "minha querida" quando se dirigia a mim, e coisa alguma, mais do que essa frase de terna familiaridade, podia exprimir com maior exatidão o tom do sentimento que eu desejava inspirar a meus alunos. Era tão respeitosamente espontânea!

Mas, ai! Como senti que agora precisava pesar minhas palavras! Lembro-me que, para ganhar tempo, tentei rir e julguei ver, no lindo rosto que me observava, o feio e extravagante reflexo do meu rosto!

— E sempre com a mesma mulher? — repliquei.

Ele não empalideceu, nem sequer piscou. Tudo estava virtualmente claro entre nós.

— Ah, naturalmente! Ela é uma pessoa encantadora, uma verdadeira *lady*. Mas, como vê, sou um rapaz que... que está crescendo!

Fiz uma pausa, considerando-o com grande ternura:

— Sim, você está crescendo...

Mas como me senti desamparada! Até hoje penso, com dor no coração, que ele sabia disso, e no entanto brincava!

— E a senhora não pode dizer que não tenho sido terrivelmente bom, pode?

Pousei a mão em sua espádua, pois, embora sentisse que era preferível recomeçarmos a andar, não era todavia capaz de fazê-lo.

— Não, não posso, Miles.

— Aquela noite, a senhora sabe...

— Aquela única noite?

Mas o meu olhar não era tão direto como o dele.

— Sim, quando desci, quando saí de casa...

— Ah, sim! Mas já me esqueci por que razão você o fez.

— Já se esqueceu? — Ele falava com a terna exuberância de uma queixa de criança. — Mas foi justamente para mostrar à senhora que eu era capaz de fazê-lo!

— Oh! Sim, você era bem capaz de fazê-lo!

— E posso voltar a fazê-lo!

Senti que, no final das contas, eu não perderia a cabeça.

— Claro, mas não o fará!

— Não; *aquilo* não. Não era nada.

— Não era nada — repeti. — Mas agora caminhemos.

Ele reencetou a marcha ao meu lado, passando o braço sob o meu.

— E então? *Quando* voltarei ao colégio?

Assumindo um ar preocupado, pus-me a refletir sobre a pergunta.

— Você estava satisfeito no colégio?

Ele pensou um instante.

— Oh, fico satisfeito em qualquer lugar!

— Então — falei com voz trêmula —, se também está satisfeito aqui...

— Ah! Mas isso não é tudo. A *senhorita*, naturalmente, sabe muito...

— Quer sugerir que sabe tanto quanto eu? — arrisquei durante o intervalo.

— Nem a metade do que pretendo! — confessou Miles com franqueza. — Mas não se trata só disso...

— Então, que é?

— Ora, eu quero conhecer a vida.

— Percebo, percebo...

Havíamos chegado à vista da igreja e de várias pessoas, inclusive de muitos moradores de Bly que se aglomeravam junto à porta para nos ver entrar. Acelerei o passo; queria chegar antes que o nosso diálogo avançasse mais. Refleti que, uma vez lá dentro, ele teria de guardar uma hora de silêncio. Pensei com avidez na relativa penumbra do nosso banco reservado e no auxílio quase espiritual do coxim, onde eu dobraria os joelhos para orar. Literalmente, se me afigurava estar apostando corrida com algum desespero ao qual ele queria reduzir-me... Ele, porém, chegou primeiro; ao entrarmos no cemitério que precedia a igreja, lançou-me estas palavras:

— Quero conhecer meus iguais!

Dei um salto para a frente.

— Não há muitos iguais a você, Miles! — respondi rindo. — Exceto, talvez, a nossa querida Flora.

— A senhora realmente me compara a uma criança, a uma menina?

Senti-me estranhamente desarmada.

— Então você não *gosta* da nossa pequena Flora?

— Se não gostasse... e a senhora também. Se não gostasse... — repetiu como que recuando para saltar, deixando todavia o seu pensamento de tal modo inconcluso que, depois que chegamos ao portão, outra parada, que ele me impôs mediante a pressão do seu braço no meu, se tornou inevitável. A sra. Grose e Flora tinham entrado na igreja, outros fiéis se lhes seguiram, e por um instante ficamos a sós entre os velhos túmulos rústicos. Havíamos parado na aleia que vinha do portão, junto a um túmulo baixo, oblongo como uma mesa.

— E então? Se você não gostasse de nós?

Ele fitou os túmulos enquanto eu esperava pela resposta.

— Bem, a senhora sabe... o que...

E sem se mexer, lançou-me qualquer coisa que me fez sentar bruscamente sobre a laje tumular, como presa de uma súbita necessidade de repouso.

— Meu tio pensa a mesma coisa que a *senhorita*?

Fiz uma pausa enfática.

— Como sabe o que penso?

— Está claro que não sei. Pois agora percebo que a senhora nunca o disse. Mas pergunto: *ele* sabe?

— Sabe o quê, Miles?

— Ora! O que faço!

Rapidamente compreendi que não podia dar a essa pergunta nenhuma resposta que, de certo modo, não importasse no sacrifício do meu patrão. Todavia pareceu-me que em Bly todos estávamos sendo bastante sacrificados para que essa falta fosse mais que venial.

— Não creio que seu tio se importe muito.

A essas palavras, Miles fitou-me longamente.

— E não acha que poderia levá-lo a se importar?

— De que maneira?

— Se ele viesse aqui!

— E quem o fará vir aqui?

— *Eu* farei, eu! — disse a criança, com um brilho e uma ênfase extraordinários. Ainda me lançou um olhar carregado dessa mesma expressão e entrou sozinho na igreja.

XVI

O assunto praticamente se encerrou, uma vez que não lhe dei prosseguimento. Isso equivalia a uma deplorável rendição ao nervosismo; todavia, nem a plena consciência dessa rendição servia para restituir-me à calma. Não me restava senão permanecer sentada no meu túmulo e tentar adivinhar todo o sentido das palavras proferidas por meu amiguinho. Quando consegui abarcar todo o seu conteúdo, já havia decidido fornecer como pretexto da minha ausência no culto a confusão em que fiquei por dar tal exemplo de atraso a meus alunos e ao resto da assembleia. Mas o que, acima de tudo, eu me dizia e tornava a dizer era que Miles me arrancara uma vantagem, cuja prova era exatamente essa desastrada ausência. Fizera-me confessar que tinha grande medo de certa coisa e provavelmente se aproveitaria desse medo para conseguir mais liberdade. O medo que eu sentia era o de precisar tratar da sua expulsão do colégio, pois essa questão intolerável não era, no fundo, mais que a dos horrores a que estaria ligada. Que seu tio viesse tratar desse assunto comigo era com efeito uma solução que por si mesma eu deveria desejar; mas era-me de tal modo impossível enfrentar o asco e a dor do acontecimento que procrastinava, sem pensar no futuro. Para minha grande confusão, o menino estava no seu direito e em situação de dizer-me: "Ou a senhorita tira a limpo com o meu tutor essa misteriosa interrupção de meus estudos, ou deixa de esperar que eu continue levando a seu lado uma vida tão anormal para um menino." Mas o que era tão anormal para o menino em causa era essa súbita revelação de uma consciência e de um plano.

Foi isso que verdadeiramente me transtornou, impedindo-me de entrar na igreja. Circundei-a hesitante, como quem ronda. Refletia que, aos olhos dele, eu já estava irremediavelmente descoberta. Já não me era possível reparar coisa alguma, e constituía um esforço muito penoso ir sentar-me ao seu lado no banco, acotovelando-nos um ao outro. Mais do que nunca, era certo ele passar o braço sob o meu e manter-me ali sentada, durante uma hora inteira, em estreito contato silencioso com o seu íntimo comentário sobre a nossa conversação. Pela primeira vez desde a sua chegada, desejei afastar-me dele. Eu havia parado sob a alta janela leste e escutava os rumores do culto. Apoderou-se então de mim um impulso que, sentia-o, iria dominar-me inteiramente, por pouco que eu o encorajasse: eu podia facilmente pôr fim à minha provação fugindo... A oportunidade chegara: ninguém ali me impediria. Eu podia largar tudo, virar as costas e retirar-me. Era apenas questão de correr para casa — agora vazia, por assim dizer, graças à presença na igreja da maior parte dos criados — e fazer os preparativos para a partida. Em suma, ninguém podia censurar-me se eu fugisse, impelida pelo desespero. Que adiantava separar-me deles agora, se os devia reencontrar na hora do jantar? Isto se daria dentro de duas horas, no fim das quais — previa-o com agudeza — os meus jovens alunos representariam a comédia de um inocente espanto pela minha ausência em sua comitiva.

"Que *foi* fazer, sua mazinha? Foi para nos atormentar — e nos distrair a ideia — que nos abandonou justamente à porta da igreja?" Essas perguntas, eu não as poderia enfrentar, nem os falsos olhinhos com que as fariam; entretanto, era tão certo eu precisar enfrentar tudo isso que, diante da imagem demasiado nítida que se me apresentava ao espírito, cedi enfim ao meu desejo: parti.

Parti, no que dizia respeito ao tempo presente. Saí do cemitério e, refletindo profundamente, enveredei pelo parque, seguindo o mesmo caminho da vinda. Quando cheguei em casa, pareceu-me estar resolvida a pôr em execução o meu cínico projeto de partir. A calma dominical, tanto no interior da casa como nas vizinhanças, onde não encontrei ninguém, animava-me com um senso de oportunidade. Se naquele momento eu partisse rapidamente, desapareceria sem uma palavra, sem uma cena. Mas era-me preciso desenvolver uma rapidez maravilhosa; não só isso, mas ainda havia a questão do veículo, de mais difícil solução. No saguão, aflita e atormentada pelos obstáculos e dificuldades, deixei-me cair, exausta, no primeiro degrau da escada; depois, com uma violenta reação, lembrei-me de que fora ali — exatamente ali, havia mais de um mês, nas trevas da noite, e dobrada, igualmente, sob o peso de maus pensamentos — que eu vira o espectro da mais horrorosa das mulheres. A essa lembrança levantei-me, galguei o resto da escada e, na minha confusão, dirigi-me para a sala de estudos, onde estavam alguns objetos que eu desejava apanhar. Abri a porta e, num ápice, os olhos se me abriram. Diante do espetáculo que me acolheu, cambaleei, para logo refazer-me.

Sentada à minha mesa, à clara luz do meio-dia, vi uma pessoa que, sem a minha experiência anterior, eu teria tomado no primeiro instante por uma criada que ficara guardando a casa e que teria aproveitado a ausência, tão rara, de vigilância e a presença de papel e pena na sala de estudos para se aplicar à tarefa de escrever uma carta a seu amado. Percebia-se-lhe o esforço na maneira como suas mãos, com um evidente cansaço, suportavam sua cabeça inclinada, enquanto seus braços se apoiavam em cima da mesa. Mas, ao fazer essa observação, já havia percebido o fato singular de que a minha entrada na sala em nada modificou sua atitude. Um instante depois ela mudou de posição e foi então, nesse mesmo movimento, que irrompeu, como uma flama, a sua identidade. Ela levantou-se, como se não me tivesse ouvido, mas com uma grande, indescritível melancolia, mescla de indiferença e desprendimento, e, a uma dúzia de passos de mim, ergueu-se, ereta, a minha predecessora — a infame srta. Jessel! Trágica e desonrada, estava inteira à minha frente. Mas como eu a fixasse, querendo retê-la na memória, o horrível vulto desapareceu. Negra como a meia-noite em seu vestido negro, na sua beleza intratável e sua mágoa inexprimível, fitou-me suficientemente para parecer que me dizia que o seu direito de sentar-se à minha mesa era tão legítimo quanto o meu de sentar-me à dela. Com efeito, tive nesse instante a extraordinária sensação de que a intrusa era eu... E foi num protesto apaixonado que me dirigi diretamente a ela:

— Ó mulher terrível e infeliz! — ouvi que gritava, e o som de minhas palavras, pela porta aberta, retumbou ao longo dos corredores e da casa vazia.

Ela me olhou, mas eu já recuperara a calma, e a atmosfera clareava em torno de mim. Um minuto depois, só havia na sala os raios do sol — e a minha convicção de que devia ficar.

XVII

De tal modo eu esperava que o regresso de meus pupilos desse ensejo a um pedido de explicação que fiquei novamente transtornada ao verificar o mutismo de ambos com respeito à minha ausência. Em vez de acusações e carícias, não fizeram a menor alusão ao fato de eu os haver desertado, e no momento — percebendo que também ela se calava — não pude senão entregar-me ao estudo da fisionomia da sra. Grose.

O resultado me trouxe a convicção de que, fosse como fosse, eles a haviam persuadido a manter silêncio — silêncio que resolvi romper já em nossa primeira conversa a sós.

A ocasião se apresentou nas proximidades da hora do chá. Tratei de a prender por cinco minutos na sala que lhe era reservada e onde, no crepúsculo, em meio ao cheiro de pão recentemente assado e à maior ordem e asseio, encontrei-a sentada em frente ao fogo, plácida, apesar de melancólica. É assim que ainda a vejo, é assim que a vejo melhor: ereta na cadeira a olhar as chamas que aclaravam a sala metade escura e bem encerada — grande imagem nítida de coisas postas a guardar, de armários fechados a chave, de repouso irremediável.

— Sim, pediram-me para não dizer nada; e para os comprazer, enquanto estavam lá, naturalmente prometi. Mas o que aconteceu com a senhorita?

— Só pude acompanhá-los no passeio — respondi. — Precisei voltar para encontrar-me com um amigo.

Ela mostrou-se surpreendida.

— A *senhorita*? Um amigo?

— Oh, sim, tenho alguns! — E pus-me a rir. — Mas as crianças apresentaram-lhe alguma razão?

— Para não aludirem à sua ausência? Sim. Disseram-me que a senhorita preferiria assim. Preferia mesmo?

A expressão da minha fisionomia a afligiu.

— Não, preferia que fosse ainda pior! — Mas após um instante acrescentei: — Disseram-lhe por que eu preferia que não aludissem à minha ausência?

— Não. Miles disse apenas: "Não devemos fazer senão o que for de seu agrado."

— Oxalá o fizesse! E Flora, que disse Flora?

— Srta. Flora? Ela foi muito boazinha. Disse: "Naturalmente, naturalmente", e eu repeti a mesma coisa.

Refleti um instante.

— A senhora também foi muito boazinha. Estou a ouvir os três. Mas agora tudo ficou dito entre nós: entre mim e Miles.

— Tudo? — perguntou, espantada, a minha companheira. — Tudo o quê, senhorita?

— Absolutamente tudo. Não importa o quê. Está resolvido. Voltei para casa, minha cara — prossegui —, para uma conversa com a srta. Jessel!

Nessa altura, eu já adotara o hábito de ter a sra. Grose bem segura antes de introduzir esse nome na conversa, de modo que, mesmo agora, enquanto ela piscava valentemente os olhos ao sinal dado por minhas palavras, pude não obstante mantê-la relativamente calma.

— Uma conversa?! Quer dizer que ela se manifestou?

— Foi como se o fizesse. Ao meu regresso, encontrei-a na sala de estudos.

— E que disse ela?

Ainda estou a ouvir a boa mulher, o acento da sua ingênua estupefação.

— Que sofre todos os tormentos...!

A esse pormenor, ela completou o quadro e abriu a boca:

— Quer dizer, todos os tormentos das... das almas perdidas?

— Das almas perdidas. Dos condenados. E é para os partilhar, sim, é por isso que...

Desta vez, só de horror, faltou-me a voz. Minha companheira, dotada de menos imaginação, deu-me coragem:

— Para os partilhar?

— Sim, por isso quer Flora.

A essas palavras, a sra. Grose me teria escapado, não estivesse eu preparada. Ainda a segurei ali, para mostrar que estava.

— Conforme já lhe disse, isso tem pouca importância.

— Porque a senhora já tomou partido? Qual é?

— Estou pronta para tudo.

— Que quer dizer com esse "tudo"?

— Ora, fazer com que o tio venha aqui!

— Ah! Senhorita, faça-o, por piedade! — exclamou minha amiga.

— Eu o farei; sim, eu o farei. Vejo que é o único caminho. Já há pouco lhe disse que tudo foi dito entre mim e Miles. Pois bem: depois da conversa que nós dois tivemos, se Miles pensa que receio fazer seu tio vir até aqui e tem ideias sobre o que vai ganhar com isso, vai ver que se engana. Sim, sim: seu tio ouvirá de minha boca, aqui mesmo, diante de Miles, se for necessário, que, se há uma censura a me fazer porque não me esforcei em arranjar-lhe um novo colégio...

— Sim, senhorita... e depois? — insistiu minha companheira.

— Pois bem: foi por causa desse horrível motivo!

Agora, porém, já eram tantos esses horríveis motivos que minha colega tinha desculpa por estar confusa.

— Mas qual?

— Ora, aquela carta do seu antigo colégio!

— Vai mostrá-la ao patrão?

— Já devia tê-la mostrado, no mesmo instante!

— Oh, não! — disse a sra. Grose com decisão.

— Vou mostrar-lhe — continuei inexoravelmente — que me é impossível ocupar-me dessa questão quando se trata de uma criança que foi expulsa...

— ...por motivos que não sabemos! — afirmou a sra. Grose.

— Por má conduta. Se não por isso, por que mais? Uma vez que ele é tão inteligente, tão belo e tão perfeito? Por estupidez? Por desordem?

Por enfermo? Por mau gênio? Porque é sedutor! Só pode ser por *isso*! E isso põe tudo a descoberto. No final das contas, a culpa é do tio. Se ele acha bom deixar aqui uma gente como aquela!...

— Para falar a verdade, não os conhecia absolutamente. A culpa é minha. — A sra. Grose empalidecera.

— Bom, a senhora nada sofrerá — respondi.

— As crianças nada sofrerão! — ela retorquiu enfaticamente.

Fiquei um instante calada e olhamo-nos.

— Então, que devo dizer a ele? — perguntei.

— Nada. Deixe que eu lhe diga.

Ponderei o valor dessa resposta.

— Quer dizer que lhe escreverá?

Depois, lembrando-me da sua ignorância, prossegui:

— De que maneira?

— Pedirei ao meirinho. *Ele* sabe escrever.

— E a senhora gostaria de o fazer sabedor da nossa história?

Havia na pergunta um sarcasmo maior do que eu pretendia e que a fez chorar, inconsequente, um momento depois. Tinha os olhos marejados de lágrimas.

— Ah, escreva a *senhorita*!

— Está bem, hoje à noite — respondi afinal; e em seguida separamo-nos.

XVIII

Naquela noite cheguei a ponto de principiar a escrever. O tempo mudara, soprava um forte vento, e, sob a lâmpada, no interior do meu quarto, Flora tranquilamente adormecida perto de mim, permaneci muito tempo sentada diante da página branca, escutando o látego da chuva e as pancadas do vento. Finalmente saí, levando uma vela. Atravessei o corredor e escutei um instante à porta de Miles. O que a minha inesgotável obsessão me impelia a escutar era algum sinal de que ele não estava dormindo, e de repente surgiu um, mas não sob a forma que eu esperava. Sua voz vibrou:

— Ei, você aí: entre!

Era a alegria no meio da tristeza.

Entrei levando a vela e o encontrei no leito, inteiramente acordado, mas perfeitamente à vontade.

— Então, que *lhe* acontece? — perguntou-me ele com a sua graça familiar, que me levou de súbito a pensar que a sra. Grose teria dificuldade a ver aí uma prova de que tudo fora dito entre nós.

Eu estava de pé à sua frente, a vela na mão.

— Como soube que eu estava ali?

— Naturalmente, ouvi-a vir. Pensa que não fez barulho nenhum? Parecia uma tropa de cavalaria! — disse, rindo-se lindamente.

— Não estava dormindo?

— Não; estava acordado e pensava.

Eu colocara a vela, de propósito, a curta distância e, enquanto ele me estendia cordialmente a mão, sentara-me à beira da cama.

— Em que pensava? — perguntei.

— Em que mais, senão na *senhorita*?

— Mas o orgulho que me causa o seu galanteio não exige isso, absolutamente. Preferia mil vezes saber que dormia!

— Pois bem: pensava igualmente nesse nosso caso, tão engraçado... Reparei na frialdade da sua enérgica mãozinha.

— Que caso, Miles?

— Ora, a educação que a senhora me dá... e todo o resto!

Perdi momentaneamente o fôlego; entretanto a luz trêmula da vela era suficiente para mostrar que ele sorria, a cabeça afundada no travesseiro.

— Que quer dizer com esse "todo o resto"?

— Oh! A senhora sabe, a senhora sabe!

Fiquei um minuto interdita, embora sentisse — enquanto lhe segurava a mão e nossos olhos se encontravam — que o meu silêncio parecia assentir na sua acusação e que nada no mundo real era tão fabuloso como as relações existentes entre nós dois.

— Sem dúvida você voltará para o colégio — disse eu —, se é isso o que o atormenta. Mas não ao antigo: é preciso arranjar outro... um colégio melhor. Como podia eu adivinhar que esse assunto o atormentava, uma vez que nunca disse nada, nunca aludiu a ele?

Seu claro rosto atento, emoldurado de brancura imaculada, tornava-o, naquele momento, tão comovente como um pensativo doentezinho de algum hospital de crianças; e quando essa semelhança me veio ao espírito, pensei que daria de bom grado tudo quanto possuía no mundo para ser, a vida inteira, a enfermeira ou a irmã de caridade que o ajudasse a ficar bom. E, quem sabe? Talvez me fosse possível ajudá-lo...

— Você sabe que nunca me disse uma palavra a respeito do colégio? Refiro-me ao antigo. Que jamais, sob nenhum pretexto, aludiu a ele?

Miles pareceu espantado, mas continuou sorrindo encantadoramente. Era evidente que ganhava tempo. Aguardava, pedia ajuda...

— Nunca disse? Verdade mesmo?

Não; não era a *mim* que competia ajudá-lo — mas ao "outro" que encontráramos...

Qualquer coisa no seu tom e na expressão de seu rosto, enquanto eu o escutava, trespassou-me o coração com uma dor nunca antes experimentada — tão indizivelmente doloroso era ver o seu pequeno cérebro confuso e os seus mínimos recursos postos em jogo, a fim de representarem, no feitiço que o envolvia, um papel de consistente inocência.

— Não, nunca. Desde a hora em que chegou, nunca sequer proferiu o nome de um professor ou de um colega; nem aludiu à menor coisa que lhe pudesse ter acontecido no colégio. Nunca, pequeno Miles; nunca você forneceu a menor indicação sobre esse assunto. Pode em consequência imaginar a ignorância em que vivo. Antes da nossa confidência desta manhã, nunca lhe ouvi a menor alusão a qualquer acontecimento anterior à sua chegada aqui. Parecia aceitar tão perfeitamente o tempo presente.

Era extraordinário como a absoluta convicção que eu tinha da sua secreta precocidade (qualquer coisa como o veneno de uma influência que mal me atrevo a nomear) fazia-o parecer, a despeito de um quase imperceptível bafejo do seu mal interior, tão acessível como um adulto, impondo-o quase como um igual pelo intelecto.

— Pensei que você quisesse continuar como antes.

Pareceu-me que ele corou ligeiramente. Em todo caso, a modo de um convalescente fatigado, sacudiu languidamente a cabeça.

— Não, não... Tenho vontade de partir.

— Está cansado de Bly?

— Oh! Não, gosto de Bly.

— E então?

— Oh! A *senhorita* sabe o que deseja um menino.

Senti que não sabia tão bem quanto ele e acolhi-me a um refúgio provisório:

— Quer ir para junto de seu tio?

A essas palavras — o terno rosto sempre irônico —, ele moveu a cabeça no travesseiro.

— Ah! Não é assim que a senhora "sai" dessa!

Permaneci calada e agora fui eu, acredito, que mudei de cor.

— Não estou pensando em "sair", meu bem!

— E não pode, nem que o quisesse. Não pode, não pode!

Jazia no leito, lindamente perplexo.

— Meu tio precisa vir, e a senhorita que arranje tudo com ele.

— Se fizermos isso — repliquei com certa animação —, fique certo de que o resultado será afastá-lo daqui.

— Pois bem! A senhorita não compreende que é para isso mesmo que eu trabalho? Exatamente para isso? A senhorita terá de lhe contar como foi que soube de tudo; terá de lhe contar um colosso de coisas!

Era tal o tom de triunfo que acompanhava essas palavras que me senti impelida a acrescentar:

— E você, Miles? Que colosso de coisas também terá para lhe contar? Pois há perguntas que ele certamente lhe fará!

Miles refletiu.

— É provável. Mas que coisas serão essas?

— As coisas que você nunca me contou. Para que ele saiba o que deve fazer com você. Não poderá mandá-lo de volta para...

— Não tenho vontade de voltar — atalhou ele. — Quero um novo campo.

Falava com uma serenidade perfeita, uma jovialidade sincera e inatacável. E isso, para mim, evocou da maneira mais pungente a tragédia infantil e fora do natural que seria o seu regresso provável no fim de três meses, com toda essa arrogância e, ainda mais, com toda essa desonra. Senti-me esmagada, a ponto de não mais me conter. Atirei-me sobre ele e o enlacei com toda a ternura de uma imensa piedade:

— Meu querido, meu querido Miles!

Meu rosto tocava o seu, e ele me consentiu beijá-lo, tomando a coisa com simplicidade, com um indulgente bom humor.

— E então, velhinha?

— Não há nada, nada no mundo, que você queira me dizer?

Ele voltou-se um pouco para a parede e levantou a mão para a olhá-la, como fazem as crianças enfermas.

— Já disse, já disse hoje de manhã...

Que pena eu tinha dele!

— ...que você só deseja que eu não o amole?

Ele me olhou como alguém que afinal se sente compreendido; depois, com a maior ternura do mundo, respondeu:

— ...que a senhora me deixe em paz.

Havia nele um toque de estranha dignidade, qualquer coisa que me constrangeu a levantar-me; todavia, quando me pus em pé, continuei junto dele. Deus sabe que nunca tencionei atormentá-lo, porém senti que virar-lhe as costas depois daquela pequena frase equivalia a abandoná-lo ou, mais exatamente, a perdê-lo.

— Comecei uma carta para seu tio — disse eu.

— Está bem, agora acabe-a.

Esperei um minuto.

— Que aconteceu antes?

Ele ergueu o olhar para mim.

— Antes do quê?

— Antes do seu regresso para aqui. E antes da sua partida para lá.

Ficou um momento calado, mas não despregou os olhos de mim.

— O que aconteceu?

A tal ponto me comoveu a entonação dessas palavras, nas quais, pela primeira vez, julguei reconhecer o débil tremor de uma consciência renascente — a tal ponto me comoveu, dizia, que caí de joelhos junto ao leito, arriscando a derradeira oportunidade que me restava de apossar-me dele:

— Querido Miles, querido Miles; se *soubesse* o desejo que tenho de ajudá-lo! Só isso, só isso; pois preferia morrer a causar-lhe qualquer dano ou mágoa; preferia morrer a tocar, sem o seu consentimento, um só cabelo da sua cabeça! Querido Miles — disse num arrojo, embora *tivesse* de ultrapassar os limites —, só quero que você me ajude a salvá-lo!

Percebi, entretanto, que fora muito longe. Recebi imediatamente uma resposta a meu apelo, mas ela veio sob a forma de um sopro formidável, de uma baforada de ar gelado e de um estremecimento de todo o quarto, como se, cedendo a um ímpeto selvagem do vento, o caixilho da janela tivesse rebentado.

O menino soltou um grito alto e estridente que, perdido no resto da ruidosa explosão, podia parecer, indistintamente, embora eu estivesse bem perto dele, uma exclamação de júbilo ou terror. De um salto pus-me em pé e achei-me na escuridão. Assim permanecemos um momento, enquanto eu olhava perplexa em derredor, via as cortinas corridas e imóveis, e a janela hermeticamente fechada.

— Foi a vela que se apagou — exclamei.

— Fui eu que a soprei, querida! — contestou Miles.

XIX

No dia seguinte, após as lições, a sra. Grose aproveitou um instante para me dizer tranquilamente:
— Já escreveu, senhorita?
— Sim, já escrevi.

Mas no momento deixei de acrescentar que a minha carta, sobrescritada e fechada, continuava no meu bolso. Havia tempo de sobra antes que o mensageiro viesse apanhar o correio. Além disso, meus alunos nunca foram tão bem-comportados ou mais aplicados do que naquela manhã. Era exatamente como se ambos estivessem animados da intenção de apagar os vestígios de um atrito recente. Realizavam as mais estonteantes proezas aritméticas, elevando-se muito acima do *meu* modesto nível, e perpetravam, com um humor mais jovial do que nunca, suas farsas históricas e geográficas. Era Miles, em especial, que parecia querer mostrar-me quanto lhe era fácil abater-me. Nas minhas lembranças, essa criança vive realmente em uma atmosfera de beleza e desventura que nenhuma palavra logra descrever; havia uma distinção só dele em cada uma de suas iniciativas. Jamais uma criaturinha humana — ao parecer toda franqueza e liberdade a olhos inexperientes — foi, como Miles, um tão extraordinário e tão engenhoso homem de sociedade. Era-me preciso estar sempre alerta contra o maravilhamento da contemplação para a qual me arrastava o meu olhar iniciado; reter o olhar distraído e o suspiro desanimado com os quais, constante e sucessivamente, eu atacava e abandonava o enigma que consistia em saber o que teria feito um cavalheirinho tão perfeito para assim merecer tal punição. Eu podia dizer-me que, mercê do sombrio prodígio do qual eu possuía o segredo, a imaginação maléfica lhe *fora* revelada; mas no meu interior a justiça sofria, ansiando pela prova de que tal imaginação nunca tivesse desabrochado em um ato positivo.

Em todo caso, nunca fora mais cavalheiro do que na horrível noite em que, acabado o jantar, ele se aproximou de mim e perguntou se eu gostaria de ouvi-lo tocar. Davi, tocando harpa em presença de Saul, não teria demonstrado um maior senso de oportunidade. Era com efeito uma encantadora demonstração de tato, de magnanimidade, uma exata equivalência do seguinte discurso, que ele bem poderia ter proferido: "Os verdadeiros cavaleiros, cujas histórias gostamos de ler, não levam muito longe sua vantagem. Agora sei o que a senhora quer dizer: que para a sua própria tranquilidade, e para não se atormentar, deixará de me perseguir e espionar, não mais me prendendo constantemente a seu lado, mas deixando-me ir e vir. Venho, pois, como a senhora vê, mas não vou. Haverá um tempo para isso. Sinto em verdade um grande prazer em sua companhia, e apenas desejava que soubesse que eu lutava por princípio."

Pode-se imaginar se resisti a esse apelo ou se deixei de acompanhá-lo, a sua mão na minha, para a sala de estudos. Ele sentou-se ao velho piano e tocou como nunca antes; e se algumas pessoas pensam que melhor seria ele ter ido dar pontapés numa bola, só posso dizer que estou inteiramente de acordo. Pois no fim de um certo tempo, do qual não posso calcular a duração, tendo eu perdido, sob a sua sutil influência, toda a noção de medida, tive um sobressalto ante a sensação de que literalmente dormira no meu posto. Isto aconteceu depois do almoço, junto à lareira da sala de estudos, e todavia eu não dormira no verdadeiro sentido da palavra: fiz coisa muito pior, isto é, esquecera-me completamente. Onde estava Flora durante todo esse tempo?

Quando fiz essa pergunta a Miles, ele continuou a tocar, depois disse apenas:

— Mas, querida, como posso saber? — para em seguida irromper numa risada toda feliz, que imediatamente emendou com uma canção improvisada e incoerente.

Fui diretamente para meu quarto, e Flora não estava ali. Antes de descer, entrei debalde em vários outros aposentos. Uma vez que Flora não se achava em nenhum deles, devia estar com a sra. Grose.

Consolada por essa teoria, consequentemente prossegui na busca. Encontrei-a onde a havia encontrado na tarde da véspera; ela, porém, não apresentou à minha indagação mais do que uma ignorância total e estupefata. Pensava a sra. Grose que eu saíra com as duas crianças após a refeição, no que tinha inteira razão, pois era a primeira vez que eu permitira à menina afastar-se da minha vista sem motivo urgente. Ela podia ter ido reunir-se às criadas de quarto; logo, a primeira coisa a fazer era pormo-nos à sua procura, sem nos mostrarmos inquietas. Rapidamente concordamos nesse ponto. Quando, porém, dez minutos mais tarde, segundo havíamos combinado, nos encontramos no saguão, só pudemos relatar uma à outra que não havíamos descoberto o menor traço dela. Ali, durante um breve minuto e sem que ninguém nos observasse, confrontamos em silêncio os nossos sustos recíprocos, e minha amiga então me devolveu, com altos juros, todos os sustos que desde o princípio eu lhe pregara:

— Estará lá em cima — disse, após uma pausa — num daqueles quartos que a senhora não percorreu.

— Não, está longe. — Agora compreendia. — Deve ter saído.

A sra. Grose não podia acreditar.

— Sem chapéu?

O olhar que lhe atirei foi eloquente.

— Pois aquela mulher também não está sempre sem chapéu?

— E Flora está com aquela mulher?

— Está — declarei. — Precisamos descobri-las.

Eu tinha a mão pousada no braço de minha amiga, mas, confrontada com esse novo aspecto do caso, ela deixou de corresponder à minha pressão. Ao contrário, só partilhava da sua própria inquietação.

— E onde está o sr. Miles?

— Oh! Sr. Miles? *Está* com Quint! Na sala de estudos, provavelmente!

— Deus do céu, senhorita!

Minha opinião — estava eu ciente —, e, em consequência, suponho que também o tom com que falei, nunca antes haviam atingido uma tal segurança.

— A farsa foi bem representada — prossegui —; seu plano foi bem-sucedido. Ele descobriu o jeitinho mais divino de me engambelar enquanto ela fugia...

— Divino? — ecoou a sra. Grose, transtornada.

— Infernal, se prefere! — respondi quase alegremente. — Ele também fugiu. Venha.

Ela lançou um olhar desesperado para o andar superior:

— E a senhora o deixou...

— ...tanto tempo com Quint? Sim. Agora tanto faz.

Em momentos desses, ela sempre acabava por tomar-me a mão, e assim foi que, ainda desta vez, conseguiu reter-me a seu lado.

Muda de assombro perante a minha súbita resignação, foi só um momento mais tarde que pôde, com voz sôfrega, perguntar-me:

— Foi por que a senhora lhe escreveu?

Em resposta, apalpei rapidamente o bolso, tirei daí a carta e lha mostrei; depois, largando-lhe o braço, fui depositá-la na grande mesa do saguão.

— Lucas a levará — disse eu, voltando.

Encaminhei-me para a porta da entrada; abri-a; já estava com o pé no primeiro degrau. Minha companheira ficara para trás; a tormenta da noite e das primeiras horas da manhã tinha cessado, mas a tarde estava úmida e sombria. Eu já chegara à avenida, enquanto ela continuava de pé na entrada.

— Não leva agasalho?

— Que importa isso, se a pequena também não tem nenhum? Não posso perder tempo com vestuário — gritei —; e se a senhora vai fazer isso, deixo-a. Pode ter o que fazer lá em cima...

— Com *eles*?

A essas palavras, a pobre mulher correu ao meu encalço.

XX

Encaminhamo-nos diretamente para o lago, assim como, a justo título, se dizia em Bly, embora aquele lençol de água pudesse, em suma, ter sido menos notável do que então parecia a meus olhos pouco viajados.

Minha experiência era quase nenhuma no que dizia respeito a lençóis de água, e o tanque de Bly, nas raras ocasiões que consenti, sob a proteção de meus pupilos, em afrontar a sua superfície num velho bote de fundo chato ali amarrado para nosso uso, deu-me a impressão de ser extenso e agitado. O embarcadouro habitual ficava a meia milha da casa, mas eu tinha a íntima convicção de que, onde quer que Flora estivesse, não estaria absolutamente perto de casa. Não me dera o bolo por causa de qualquer aventura menor, e desde o dia da grande, que eu com ela partilhara junto ao lago, percebi, em nossos passeios, o rumo pelo qual ela tinha maior predileção. Razão por que dirigi os passos da sra. Grose numa direção tão precisa — direção à qual, quando ela percebeu, opôs uma resistência que mais uma vez me provou que ela nada compreendia do ponto onde eu queria chegar.

— Vai na direção do tanque, senhorita? Acha que ela está *dentro*...

— Pode ser que sim, embora a profundidade não seja muito grande em ponto algum. Mas julgo mais provável ela estar no lugar de onde nós duas, outro dia, vimos o que lhe contei.

— Quando ela fingiu não ver?

— E com que espantoso domínio de si! Fiquei convencida de que ela gostaria de voltar ali sozinha. E o irmão arranjou as coisas para que isso acontecesse.

A sra. Grose permanecia no lugar onde estacara.

— A senhorita acha que eles conversam?

Respondi a isso com inteira segurança.

— Conversam sobre coisas que, se pudéssemos ouvi-las, nos fariam simplesmente estremecer de horror!

— E se Flora estiver lá?

— Sim?

— Quer dizer que a srta. Jessel também está?

— Sem nenhuma dúvida; a senhora verá.

— Oh, muito obrigada! — exclamou minha amiga, de tal modo pregada no chão que, renunciando a sacudi-la, continuei a caminhar sem ela.

Quando, porém, cheguei ao tanque, vi-a logo atrás de mim e compreendi que, malgrado a apreensão que a invadia pelo perigo em que eu podia incorrer, o risco ao qual ela se expunha, seguindo-me de tão perto, era todavia um perigo menor. Soltou enfim um suspiro de alívio quando, abrangendo com a vista a maior parte do tanque, não percebemos em parte alguma a criança que buscávamos. Nenhum traço de Flora no lado mais próximo à margem, onde ela me havia dado ensejo para as mais espantosas observações, e nenhum na margem oposta, onde, salvo por uma faixa de umas vinte jardas, um mato espesso descia ao encontro da água. O tanque, de forma oblonga, tinha uma largura tão pequena comparada ao comprimento que, com as suas extremidades invisíveis, podia ser tomado por um rio. Fitávamos a amplidão deserta, e então senti que uma sugestão me vinha dos olhos de minha amiga. Compreendi, mas sacudi a cabeça:

— Não, não, espere! Ela tomou o bote.

Minha companheira lançou um olhar estupefato para o lugar — com efeito vazio — onde a velha barca costumava estar amarrada. Depois, estendeu-o para o lago.

— Onde estará o bote?

— A prova mais positiva de que ela o tomou é que não o vemos. Tomou-o para fazer a travessia, e depois escondeu-o.

— Aquela criança?... Ela sozinha?...

— Não está sozinha, e nesses instantes já não é criança: é uma mulher velha, muito velha.

Esquadrinhei toda a margem agora visível, enquanto a sra. Grose tornou a dar, no singular elemento que eu lhe oferecia, um de seus mergulhos de submissão; depois observei que o bote podia perfeitamente estar num dos pequenos refúgios formados pelas reentrâncias do tanque — numa das amolgadelas mascaradas, de ambos os lados, por uma projeção do barranco ou por um grupo de árvores junto da água.

— Mas se o bote está lá, onde estará *ela*? — perguntou, aflita, minha companheira.

— É exatamente isso que temos de descobrir!

E dei uns passos para a frente.

— Vai fazer a volta ao lago?

— Claro, por mais demorado que isso seja. Seja como for, não leva mais de dez minutos. Deve entretanto ter parecido muito longe para a pequena, que em consequência preferiu não andar tanto: fez a travessia em linha reta.

— Deus! — tornou a exclamar minha amiga; a implacável cadeia da minha lógica lhe parecia demasiado difícil.

Entretanto — prisioneira dócil —, continuei a arrastá-la atrás de mim e, quando estávamos a meio caminho do fim (a empresa era fatigante, não podíamos caminhar direito no terreno desigual, numa vereda afogada em mato), fiz uma pausa para deixá-la respirar. Emprestei-lhe o apoio de um braço reconhecido, dizendo que ela me seria uma grande ajuda... Isso nos ajudou a reencetar a caminhada, e tão bem a fizemos que, ao fim de poucos minutos, atingimos um ponto onde descortinamos o bote, no mesmo lugar onde supus que devia estar. Fora arrastado, intencionalmente, tão longe da vista quanto possível e estava amarrado aos paus de uma cerca que ali descia até a margem e que servia para facilitar o desembarque. Apreciei o prodigioso esforço desenvolvido pela menina quando observei o par de remos, grossos e curtos, que ela havia eficazmente levantado. Mas nessa hora, e desde muito, eu vivera coisas prodigiosas, e meu coração palpitara a um compasso demasiado vivaz. Havia na cerca uma cancela pela qual passamos e a qual nos conduziu, após curto intervalo, a um lugar mais descampado. Então...

— Lá está ela! — ambas exclamamos ao mesmo tempo.

A curta distância à nossa frente estava Flora, de pé na relva e sorrindo, como se agora a sua empresa estivesse terminada. A primeira coisa que fez foi baixar-se e colher — como se não tivesse vindo ali por outra coisa — um grande e feio ramo de avenca murcha. Imediatamente compreendi que ela acabava de sair do cerrado. Ficou à nossa espera, sem dar um passo, e eu me dei conta da estranha solenidade com a qual nos aproximávamos dela. Flora sorria sempre; aproximamo-nos... O silêncio era francamente trágico. A sra. Grose foi a primeira a quebrar o encanto: caiu de joelhos e, puxando a menina para si, enlaçou num longo abraço o frágil corpinho obediente. Enquanto durou essa muda convulsão, outra coisa não fiz senão observar, e observar com maior intensidade quando vi o rostinho de Flora voltado para mim, por cima do ombro da minha companheira: era um rostinho sério, donde o sorriso se ausentara, o que fez ainda mais amarga a angústia com a qual, nesse momento, eu invejava a simplicidade de alma que a sra. Grose punha em *suas* relações com a menina. Nada mais aconteceu, exceto que Flora deixou cair no chão aquele fútil ramo de avenca. O que eu e ela virtualmente nos dissemos uma à outra era que, agora, todos os pretextos seriam inúteis. Quando a sra. Grose afinal se levantou, conservou na sua a mão de Flora, de modo que ambas continuavam à minha frente; e a singular reticência da nossa reunião ainda mais se acentuou mediante o olhar que ela me dirigiu: "Que me enforquem", esse olhar dizia, "se *eu falar*!"

Foi Flora que, fitando-me da cabeça aos pés com uma cândida expressão de espanto, falou primeiro. Impressionara-a o fato de estarmos sem chapéu.

— Onde estão suas coisas?

— No mesmo lugar onde estão as suas — prontamente respondi.

Ela já havia recuperado a jovialidade e pareceu achar satisfatória essa resposta.

— Onde está Miles? — prosseguiu perguntando.

Havia nessa infantil energia qualquer coisa que me arrasou. Essas três palavras ditas por ela eram como o lampejo de uma espada desembainhada, o empurrão na taça que minha mão, semanas e semanas, trazia erguida e cheia até as bordas e que agora, mesmo antes de falar, eu via transbordar como um dilúvio.

— Digo-lhe, se você me disser... — ouvi-me proferir essas palavras para sentir em seguida o tremor no qual as mesmas se desfizeram.

— E então, que é?

A angústia da sra. Grose inutilmente me lançou seus raios. Era tarde demais, e eu soltei belamente a pergunta:

— Onde, meu amor, onde está a srta. Jessel?

XXI

Exatamente como aconteceu a mim e a Miles no cemitério da igreja, agora éramos eu e Flora que estávamos encostadas à parede. Embora eu esperasse o efeito que não podia deixar de produzir a enunciação das sílabas do nome execrável, jamais proferido entre nós, a súbita expressão dorida do rosto da criança levou-me a comparar a interrupção do silêncio ao estardalhaço produzido quando se quebra uma vidraça. Isso veio acrescentar-se ao grito que a sra. Grose, aterrada com a minha violência, lançou como que para se interpor entre nós e atenuar o golpe que eu desferia. Era o grito de uma criatura apavorada, ou melhor, ferida, e que em breve eu própria completei com um surdo gemido. Agarrei o braço da minha colega:

— Ela está ali! Ela está ali!

A srta. Jessel estava de pé na margem oposta, exatamente como da outra vez, e... coisa singular! Lembro-me que o primeiro sentimento que a sua vista me despertou foi um estremecimento de alegria por haver enfim obtido uma prova irrefutável. Ela estava ali: logo, as minhas acusações eram justificadas; ela estava ali: em consequência, eu não era nem louca nem cruel. Ela estava ali, não tanto pela assustada sra. Grose, mas principalmente por Flora; e nenhum instante desse monstruoso período de minha vida foi tão extraordinário como aquele em que lhe dirigi (sem possibilidade de engano e com a convicção de que, apesar do pálido e insaciável demônio que era, ela receberia e compreenderia) uma mensagem inarticulada de gratidão. Ela se erguia toda ereta no mesmo lugar que eu e minha amiga acabávamos de deixar, e, durante todo o percurso do seu desejo, nem um átomo da sua malignidade deixou de atingir o alvo. Essa primeira intensidade visual e emotiva durou apenas alguns segundos, durante os quais interpretei a expressão dos olhos esgazeados da sra. Grose como um indício irretorquível de que ela também vira. Volvi precipitadamente o olhar para Flora.

A revelação da maneira como Flora ficou afetada pelo que via surpreendeu-me, em verdade, muito mais do que surpreenderia se ela se mostrasse simplesmente agitada, pois uma demonstração direta de terror evidentemente não entrava nos meus cálculos. Preparada e posta na defensiva mercê da nossa perseguição, ela reprimiria toda emoção capaz de a trair. Fiquei, por isso, muito abalada com o primeiro indício de uma atitude para mim inesperada. Nem ao menos fingiu que olhava na direção do prodígio que eu denunciava, mas, em vez disso, voltou-se para *mim* com uma expressão de gravidade calma e severa, uma expressão absolutamente nova e sem precedente, que parecia me ler, acusar e julgar, sem que um só músculo se movesse no seu rostinho cor-de-rosa — tudo isso, de certa forma, convertia a meninazinha na própria presença que me podia levar a estremecer.

E estremeci, certa de que ela agora via como nunca antes; e, impelida pela necessidade imediata de defender-me, apelei apaixonadamente para o seu testemunho:

— Ela está ali, infeliz criatura! Ali, ali, *ali*, e você sabe tão bem como eu!

Eu dissera pouco tempo antes à sra. Grose que, nesses momentos, Flora já não era uma criança, mas uma mulher velha, muito velha, e nada para confirmar de maneira mais evidente essa declaração do que o modo pelo qual, em resposta, ela simplesmente me apresentou, sem a menor concessão ou admissão, uma atitude de censura cada vez mais acentuada que, de súbito, se fixou inteiramente.

Nessa altura eu estava — se é que posso reunir os traços esparsos dessa cena — ainda mais horrorizada por aquilo que posso chamar com justeza de "seu jogo" do que por todo o resto, se bem que, simultaneamente, eu tivesse percebido que agora a sra. Grose estava indisfarçavelmente contra mim. Em todo caso, no momento seguinte tudo se dissipou para só me deixar sensível ao rosto congestionado e ao ruidoso protesto da minha velha companheira, no qual explodia a sua violenta desaprovação:

— É possível ação mais horrorosa? Onde diacho a senhorita está vendo a mínima coisa?

Só pude agarrá-la bruscamente, pois, enquanto ela falava, a odiosa e vil presença estava lá, clara como o dia, indomável... Já durava um minuto e continuava durando enquanto eu mantinha segura minha companheira, empurrando-a para ela, apresentando-a a ela e insistindo com o dedo em riste:

— Não a vê? Não a vê como nós a vemos? Diz que não? E *agora*: ainda não a vê? Mas se é visível como um fogo ardente! Olhe, mulher; *olhe*!

Ela olhou, assim como eu fazia, e deu-me, com um profundo gemido de negação, repulsa e compaixão, de mistura com o seu dó por mim e o grande alívio por sua própria isenção, uma sensação, já então comovente, de que me teria respaldado se pudesse. Bem que eu precisava de apoio, pois com a amarga verificação de que ela trazia os olhos irremediavelmente fechados, senti a minha situação desmoronar-se. Senti — vi — a minha lívida antecessora, de sua posição inexpugnável, precipitar minha derrota e, mais que tudo, percebi com o que teria de me haver, graças à aterradora atitude de Flora. E eis que a sra. Grose, violentamente e inteiramente, adotava essa mesma atitude, irrompendo, ofegante, mesmo enquanto a minha sensação de ruína era varada por um prodigioso triunfo particular, numa torrente de palavras tranquilizadoras...

— Ela não está lá, querida; não há ninguém lá, e a mocinha não está vendo nada. Como pode a pobre srta. Jessel... pois que está morta e enterrada! Bem sabemos que não; não é verdade, meu bem? — E balbuciante suplicava à criança: — Tudo isso é um simples engano, um tormento e um gracejo; e nós vamos voltar para casa o mais depressa possível!

Nossa companheirinha concordou com uma estranha secura de boa educação, e outra vez ambas se reuniram no que me pareceu uma dolorosa oposição a mim. Flora continuou a fitar-me com a sua miúda máscara de reprovação, e naquele mesmo instante pedi perdão a Deus por parecer-me ver, enquanto ela se agarrava ao vestido da minha companheira, que a sua incomparável beleza infantil havia subitamente desaparecido. Já o disse: suas feições se endureceram, e ela se tornara vulgar, quase feia.

— Não sei o que a senhorita quer dizer. Não vejo ninguém, não vejo ninguém, nunca *vi* ninguém. A senhorita é cruel. Não gosto da senhorita!

E depois desse desabafo, que podia ter sido o de uma impertinente e vulgar menina das ruas, ela abraçou a sra. Grose com mais força e ocultou o rostinho assustado em suas saias.

— Leve-me, leve-me! Leve-me para longe *dela*!

— Para longe de *mim*? — perguntei, ofegante.

— Sim, longe da senhorita, da senhorita! — gritou ela.

A própria sra. Grose ficou desconcertada; e quanto a mim, não me restava mais que reatar minhas comunicações com a figura que, na margem oposta — sem um movimento, rigidamente atenta, como se as nossas vozes vencessem o intervalo que nos separava —, se erguia vividamente não para servir-me, mas para derrotar-me. A infeliz criança falara exatamente como se tivesse extraído, de um manancial externo, cada uma das suas palavras aceradas, e eu apenas pude, no desespero do que eu tinha de sofrer sem replicar, sacudir tristemente a cabeça para ela. "Se algum dia duvidei, hoje a dúvida desapareceu. Vivi longo tempo com a verdade amarga — e agora ela fecha o cerco ao meu redor. Você está perdida para mim. Intrometi-me, e você viu... sob a direção dela", tornei a encarar, na outra margem do lago, a infernal testemunha, "o modo fácil e perfeito de afrontá-la. Fiz o que pude, mas você ficou perdida para mim. Adeus."

Dirigi a sra. Grose um imperativo, quase frenético: "Vá-se embora! Vá-se embora!", ao qual ela se submeteu com um ar de profunda mágoa e, apossando-se da menina, silenciosa e iniludivelmente convencida, a despeito da sua cegueira, de que qualquer coisa horrível acabava de acontecer e que algum cataclismo nos engolfava, afastou-se o mais depressa que pôde pelo mesmo caminho por onde viéramos.

Não tenho lembrança do que primeiro aconteceu depois que fiquei só. Suponho apenas que, ao fim de um quarto de hora, uma sensação de umidade áspera e odorífera, esfriando e penetrando minha dor, me fez compreender que eu devia ter-me atirado com o rosto em terra, abandonando-me perdidamente à minha mágoa. Devo ter ficado muito tempo prostrada, pois quando levantei a cabeça o sol já havia quase desaparecido. Levantei-me; olhei, através do crepúsculo, o lago cor de cinza e sua sombria margem assombrada; depois retomei, de volta à casa, a minha triste e penosa caminhada. Ao chegar na cancela de cerca, o bote, para minha surpresa, havia desaparecido, de modo que voltei a fazer uma nova reflexão sobre o domínio extraordinário que Flora exercia sobre a situação. Por uma combinação das mais tácitas, e eu acrescentaria (não fosse a palavra uma falsa nota grotesca) das mais felizes, ela passou a noite com a sra. Grose. Ao meu regresso, não vi nenhuma delas, mas, por outro lado, como que por uma compensação ambígua, vi abundantemente o pequeno Miles. Vi-o em tal "quantidade" — não posso empregar outro termo — como nunca antes o vira. Das minhas noites em Bly, nenhuma se revestiu da portentosa qualidade daquela; a despeito do que — e também a despeito dos abismos de consternação que se abriram sob meus pés — havia literalmente, no refluxo da hora, uma tristeza extraordinariamente doce. Chegando em casa, nem ao menos procurei o menino. Fui diretamente para meu quarto, só fiz trocar de roupa, mas, num relance, captei muitos testemunhos materiais do meu rompimento com Flora. Todos os seus pequenos pertences haviam sido retirados. Quando, um pouco mais tarde, junto à lareira da sala de estudos, o chá me foi servido pela criada de sempre, não fiz a menor pergunta referente a meu outro aluno. Agora ele estava livre: podia usar da sua liberdade até onde quisesse.

Com efeito, ele a conquistara. E ela serviu — ao menos em parte — para ele se me apresentar nas proximidades das oito horas e vir sentar-se silenciosamente a meu lado. Depois que retiraram a bandeja do chá, soprei as velas e arrastei minha cadeira para mais perto da lareira. Sentia um frio mortal e parecia-me que nunca mais recuperaria o calor. Assim, pois, quando ele apareceu, eu me encontrava junto da lareira, em companhia dos meus pensamentos. Ele fez uma pausa no limiar;

depois, como que para compartilhá-los, dirigiu-se para o outro lado do fogo e se deixou cair numa cadeira. Ali ficamos, no silêncio mais absoluto. Eu porém sabia que ele desejava ficar perto de mim.

XXII

Antes que um novo dia irrompesse plenamente no meu quarto, os olhos se me abriram para ver a sra. Grose, que me trazia, até o leito, as piores notícias. Flora estava tão febril que isto podia ser um mau presságio. Passara a noite extremamente inquieta, agitada não pela antiga, mas por sua atual preceptora. Protestava não contra o possível regresso de srta. Jessel à cena, mas, notória e apaixonadamente, contra o meu. Naturalmente, logo levantei-me, com uma porção de perguntas na ponta da língua; tanto mais que minha amiga havia perceptivelmente cingido os lombos para a refrega... Senti isto nem bem lhe perguntara o que ela achava da sinceridade da menina, em contraposição à minha:

— Ela persiste em sustentar que não viu, que nunca viu ninguém? Evidentemente, era grande a perturbação da minha visitante.

— Oh! Senhorita, é esse um assunto no qual não a posso forçar. Devo entretanto dizer que não seria preciso grande coisa... Esse caso fez dela uma velha, da cabeça aos pés.

— Oh! Daqui a vejo perfeitamente. Ficou ofendida, como qualquer pessoinha de alta classe, pela suspeita lançada sobre a sua sinceridade, em suma, sobre a sua respeitabilidade. "Srta. Jessel, com efeito! E junto comigo!" Que tal, a "respeitável" fedelha? A impressão que ela ontem me deu, garanto-lhe, foi a mais singular de todas: tudo ultrapassa. Nunca mais voltará a falar comigo.

Odioso e obscuro como era, o assunto manteve a sra. Grose calada por alguns minutos. Depois ela fez concessões, com uma franqueza que, verifiquei, devia trazer gato escondido:

— Acho que nunca mais, senhorita. Leva o caso com tal altivez!

— Altivez, altivez — rematei —; é isso justamente o que agora a atormenta.

Oh! Essa altivez! Li-a na cara da minha boa visitante, e mais uma infinidade de coisas.

— De três em três minutos me pergunta se a senhorita vai aparecer.
— Percebo, percebo.

De minha parte, eu também havia mais que adivinhado.

— Disse-lhe ela, desde ontem, a não ser para repudiar as suas relações com uma tal vilania, sequer uma palavra referente à srta. Jessel?
— Não. E naturalmente — acrescentou a sra. Grose — a senhorita sabe que acreditei no que ela me disse junto ao lago: que naquele lugar e naquele momento não *havia* ali ninguém.
— Como assim? Naturalmente, a senhora se atém ao que ela diz...
— Não a contradigo. Que posso fazer, a não ser isso?
— Nada, absolutamente. Está em presença da pessoinha mais esperta que já existiu. *Eles*, refiro-me a seus amigos, fizeram-nos ainda mais espertos do que os fizera a natureza. O terreno era maravilhosamente fértil. Agora, Flora tem do que se queixar... e vai agir até o fim.
— Sim, senhorita, mas com *que* intuito?
— Ora, o de falar de mim ao tio! Vai apresentar-me como a mais infame das criaturas...

Encolhi-me toda só de ver a cena, por assim dizer, pintada no rosto da sra. Grose. Por um minuto pareceu que ela os tinha ali mesmo, à sua frente...

— E ele, que a tem em tão alta conta!
— Tem uma maneira muito esquisita de prová-lo! — Pus-me a rir. — Mas isso não é nada. O que Flora quer é livrar-se de mim.

Minha companheira concordou.

— Nunca mais quer pôr-lhe a vista em cima!
— Então é por isso que a senhora veio procurar-me? — perguntei. — Para apressar minha partida? — Contive-a, porém, antes que ela tivesse tempo de me responder. — Tenho uma ideia melhor... resultado de minhas reflexões. Minha partida *parece* indicada, e no domingo estive a pique de a levar a cabo. Mas isso não adianta. A *senhora* é quem partirá, levando Flora em sua companhia...

A essas palavras, minha visitante ponderou:

— Mas em que lugar do mundo...

— Longe daqui. Longe *deles*. E, sobretudo agora, longe de mim! Diretamente para o tio...

— Só para que ela vá dizer-lhe coisas da senhorita?

— Só para isso, não. Mas para me deixar a sós com o meu remédio.

Ela permanecia no vago:

— Que remédio?

— Para começar, a sua lealdade. Depois, a lealdade de Miles...

Ela me olhou fixamente:

— A senhorita pensa que...

— ...que ele não se voltará contra mim se houver ocasião? Sim, ainda alimento esperanças. Em todo caso, tenho vontade de experimentar. A senhora parta com a irmã assim que puder, e deixe-me sozinha com ele.

Eu própria me espantei com o ânimo que ainda tinha em reserva, razão por que fiquei um tanto desconcertada ante a hesitação que ela demonstrou, a despeito do meu brilhante exemplo.

— Há, naturalmente, uma condição indispensável — prossegui. — Não devem ver-se nem três minutos, antes da partida dela.

Veio-me entretanto ao espírito a ideia de que, malgrado o provável sequestro de Flora após o seu regresso do lago, talvez já fosse demasiado tarde.

— Quer dizer — perguntei ansiosamente — que eles já se encontraram?

A essas palavras, ela ficou toda vermelha.

— Ah! Senhorita, não sou tão idiota assim! Se precisei deixá-la três ou quatro vezes, sempre a deixei acompanhada por uma das criadas; e se neste instante ficou sozinha, é como se estivesse trancada num cofre... Mas... mas...

Ela ainda tinha muito o que dizer.

— Mas... o quê?

— A senhora tem tanta confiança no patrãozinho?

— Só tenho confiança na *senhora*. Mas desde ontem à noite, alimento uma nova esperança. Acho que ele só espera a ocasião. Creio que o coitadinho tem vontade de falar. Ontem à noite junto ao fogo e no silêncio, ficou duas horas comigo, como se a ocasião estivesse a pique de se apresentar.

Através da janela, a sra. Grose olhou firme para a claridade cor de cinza do dia nascente.

— E a ocasião se apresentou?

— Não. Conquanto eu esperasse até cansar, confesso que não se apresentou. Afinal trocamos o beijo de boa-noite sem ter rompido o silêncio nem ter feito a menor alusão ao estado de sua irmã e à sua ausência. Mesmo assim — continuei —, se o tio quiser vê-la, não posso consentir que ele veja o irmão dela, antes que... e as coisas chegaram a tal ponto!... antes que eu dê ao menino mais um pouco de tempo para se recuperar.

Minha amiga opunha a essa ideia uma repugnância que eu não podia compreender.

— Que quer dizer com esse "mais um pouco de tempo"?

— Ora, um dia ou dois... o tempo de o levar a confessar... pois então ficará do *meu* lado, e a senhora percebe a importância que isso teria. Se eu nada obtiver, terei apenas falhado, e, na pior das hipóteses, fazendo na cidade tudo quanto lhe for possível, a senhora me ajudaria...

Foi assim que lhe apresentei o caso, mas ela continuou por alguns segundos inexplicavelmente tão confusa que corri em seu socorro.

— A menos — rematei — que a senhora *não* queira ir.

Então vi que o seu rosto se iluminava. Ela estendeu-me a mão, como para selar um compromisso.

— Vou partir; vou partir esta manhã mesmo.

Eu, porém, quis mostrar-lhe uma imparcialidade absoluta.

— Se *quiser* ficar mais um pouco, prometo-lhe que ela não me verá.

— Não, não, o lugar é o que importa. Ela tem de sair daqui.

Fitou-me um instante com um olhar impregnado de inquietação, depois lançou:

— Sua ideia é boa, senhorita; pois acontece que também eu...

— Sim?

— Não posso ficar aqui.

O olhar com que disse essas palavras me arrastou a conclusões precipitadas.

— Quer dizer que, desde ontem, a senhora *tem* visto...

Ela abanou a cabeça com dignidade:

— Tenho *ouvido*...

— Ouvido?

— Horrores... da boca dessa criança! Isso mesmo, senhorita. — E soltou um suspiro trágico. — Por minha honra, ela diz coisas!

E a essa evocação, a sra. Grose interrompeu-se e, deixando-se cair com um repentino soluço no meu sofá, deu largas à angústia que a sufocava.

Fiz o mesmo, mas de outra maneira:

— Louvado seja Deus! — exclamei.

A isso ela tornou a saltar, enxugando as lágrimas com um gemido.

— Louvado seja Deus?

— É a minha justificação!

— É mesmo!

Eu não podia desejar um tom mais enfático, e, entretanto, ainda esperava qualquer coisa...

— Ela é assim tão horrível?

Percebi que minha colega mal podia formular seu pensamento.

— Simplesmente chocante!

— E quando fala em mim?

— Quando fala da senhorita... vou dizer, pois a senhorita me pergunta. Vai além de tudo, tratando-se de uma mocinha. Não sei onde teria aprendido...

— A pavorosa linguagem com que se refere à minha pessoa? Pois eu sei!

E a minha explosão de riso foi bastante significativa, mas só conseguiu deixar a minha amiga ainda mais perplexa.

— Eu também deveria sabê-lo; pois outrora já a ouvi, e não poucas vezes. Todavia, não posso suportá-la — continuou a pobre mulher, ao mesmo tempo que lançava um olhar para o meu relógio, na mesa de toalete. — Preciso ir-me.

Eu porém a retive:

— Ah! E se a senhora não pode suportá-la...

— Como posso continuar na sua companhia? Justamente *por* essa razão é preciso tirá-la daqui... levá-la para longe... — prosseguiu a sra. Grose — levá-la para bem longe *deles*...

— Ela pode mudar? Pode libertar-se? — insisti, quase com alegria. — A despeito da tarde de ontem, a senhora *acredita*...

— *Nessas* coisas?

Essa simples palavra, alumiada pela expressão do seu rosto, não pedia outra explicação, e ela se me entregou inteira, como nunca antes:

— Acredito.

Sim, foi uma alegria, e ainda permanecíamos ombro a ombro. Se me fosse dado prosseguir na minha obra, pouco me importava o que viesse depois. O meu apoio na desgraça seria o mesmo das minhas primeiras horas de isolamento, quando precisei de uma confidente; e uma vez que ela respondia pela minha sinceridade, eu responderia por todo o resto. Não obstante, ao despedir-me dela, senti-me um tanto embaraçada.

— Há uma coisa... agora me lembra... que não devemos esquecer: minha carta, aquela onde eu dava o alarme, deve tê-la precedido em Harley Street.

Percebia agora, mais que nunca, que o esforço de procurar a exaurira.

— Sua carta não chegou lá. Não foi postada.

— Como? Que aconteceu com ela?

— Só Deus sabe! O sr. Miles...

— Quer dizer que *ele* a apanhou? — arquejei.

Primeiro ela hesitou; depois, dominando sua repugnância, respondeu:

— Quero dizer que ontem, quando regressei com Flora, a carta não estava onde a senhora a pôs. Mais tarde, tive ocasião de interrogar Lucas e ele respondeu que não a vira nem a tocara.

Não pudemos senão trocar um olhar bastante significativo, e foi a sra. Grose a primeira a tirar do fato uma conclusão, emitindo uma apóstrofe quase satisfeita:

— Está vendo!

— Sim. Se Miles a apanhou, provavelmente a leu e destruiu.

— E não vê mais nada?

Fitei-a, sorrindo tristemente.

— Parece-me que os seus olhos são agora tão clarividentes como os meus. Talvez mais.

Eram-no, com efeito, mas ela quase enrubescia ao confessá-lo.

— Agora adivinho o que ele teria feito no colégio. — E sacudiu a cabeça, com um movimento quase cômico de desilusão, onde se revelava toda a perspicácia da sua simplicidade. — Ele roubava!

Isto me levou a refletir. Respondi, com a intenção de parecer mais judiciosa:

— Bem... talvez...

Era evidente que a minha calma inesperada a deixava atônita.

— Ele roubava *cartas*!

A sra. Grose desconhecia as razões dessa calma, no final das contas bastante superficial. Procurei, pois, apresentá-las do modo mais favorável possível.

— Espero que as roubasse visando um resultado mais interessante que o de hoje! Em todo caso — prossegui —, o bilhete que ontem deixei em cima da mesa deve lhe ter proporcionado uma vantagem tão insignificante, pois era apenas um lacônico pedido de entrevista, que a estas horas ele já estará envergonhado de ter ido tão longe por tão pouco. O que ele devia ter em mente na noite de ontem devia ser precisamente a necessidade de confessar esse roubo.

Por um instante pareceu-me que eu dominara a situação e a abrangia em sua totalidade.

— Deixe-nos! Deixe-nos! — disse-lhe junto à porta, empurrando-a para fora. — Vou fazê-lo desembuchar. Ele cederá, confessará... Se confessar, está salvo. E se estiver salvo...

— A *senhorita* também o estará?

A isso a boa mulher beijou-me e saiu.

— Salvarei a senhorita sem que ele se meta! — exclamou ela, à medida em que se afastava.

XIII

Foi após sua partida — a falta que senti dela foi imediata — que verdadeiramente a tarraxa me arrochou até a última espiral... Logo percebi que ficar a sós com Miles me proporcionaria ao menos um ponto de comparação. Em verdade, hora nenhuma da minha estada em Bly foi tão carregada de apreensão como aquela em que, tendo descido, percebi que a carruagem que levava a sra. Grose e a menina já havia transposto as grades. "Agora", disse comigo mesma, "eis-me face a face com os elementos", e durante grande parte desse dia, em luta contra a fraqueza, a mim mesma confessava que fora extremamente temerária. O cerco se apertava em torno de mim e a situação me parecia tanto mais ameaçadora quanto, pela primeira vez, me era dado ver nos outros um confuso reflexo da crise. O que acontecera, naturalmente, lhes causava um espanto muito grande: sobre a repentina decisão da minha companheira só pudemos explicar-lhes muito pouco, malgrado os esforços que despendemos para isso. Criados e criadas pareciam estupefatos, e meu nervosismo se agravou outro tanto até o momento em que compreendi a necessidade de tirar daí um auxílio positivo. Precisamente, eu só evitaria o total naufrágio agarrando-me ao leme. E naquela manhã, para aguentar o repuxo, fiz-me muito altiva e muito seca. Alimentava com alegria o sentimento das minhas múltiplas responsabilidades e dei a perceber que, deixada a mim mesma, eu iria demonstrar uma notável firmeza. Durante as primeiras horas que se seguiram, fui e vim nessa atitude por toda Bly, dando a perceber que estava pronta para qualquer assalto. Assim, pois, para benefício de todos quantos isso pudesse concernir, fiz alarde de coragem, o coração transbordando de inquietação.

A pessoa a quem isso parecia menos concernir foi, até o jantar, o próprio Miles. Minhas idas e vindas não me facultaram nem o menor relance de sua presença, tendo, porém, contribuído para tornar mais perceptível a mudança que sobreviera em nossas relações — consequência da maneira pela qual, no dia anterior, ele me retivera, no interesse de Flora, iludida e enfeitiçada junto ao piano. O selo da publicidade foi naturalmente dado pelo confinamento da menina e sua partida, enquanto a mudança em nossas relações se revelava pela não observância do costume regular das aulas. Ele já havia desaparecido quando, descendo para o andar térreo, abri a porta de seu quarto — e me informaram, embaixo, que já tinha almoçado na presença de duas criadas, com a sra. Grose e a irmã. Depois saiu para dar uma volta, disse; e nada podia exprimir com maior clareza, segundo me parecia, a franca opinião que ele professava sobre a brusca transformação do meu papel. O que ele iria, de então em diante, permitir que fosse esse papel era uma questão a resolver. Estranho alívio, com efeito — falo por mim —, na renúncia de uma pretensão. Muitas coisas das camadas mais profundas haviam assomado à superfície; mas não será demasiado dizer que, surgindo e dominando todas as outras, estava o absurdo que consistia em prolongar a ficção de que eu tivesse qualquer coisa a lhe ensinar.

Impossível negar que, por certos ardis não explícitos, ele se mostrava ainda mais zeloso do que eu pela minha própria dignidade, levando-me a apelar para ele a fim de que me dispensasse da tensão de enfrentá-lo no terreno da sua verdadeira personalidade. Em todo caso, agora ele gozava de uma liberdade que nunca mais eu deveria tocar. Havia-o amplamente provado na noite anterior, quando ele se me foi reunir na sala de estudos e eu não fiz a menor alusão nem pergunta nenhuma sobre o que se passara naquela tarde; pois a partir desse momento, eu estava entregue a outras ideias. Entretanto, quando ele afinal chegou, a dificuldade de as aplicar surgiu diante de meus olhos — tal a fascinação da presença sobre a qual os acontecimentos não haviam, até ali, deixado sombra nem mancha.

Para acentuar, diante dos criados, a pompa que eu estava disposta a fazer reinar, decretei que as refeições que eu fazia com o menino deviam ser servidas "no andar inferior", como dizíamos. Por isso me instalei, a fim de o esperar, na solenidade augusta daquela sala, de cuja janela eu recebera da sra. Grose, naquele primeiro domingo conturbado, o lampejo de qualquer coisa que impropriamente se poderia qualificar de luz. Ali, presentemente, tornei a sentir — e quantas vezes já sentira! — que o meu equilíbrio dependia da vitória da minha imperturbável vontade; da minha vontade de cerrar os olhos, o mais completamente possível, diante dessa verdade: de que o caso que eu teria de tratar era revoltante e contra a natureza. Não podia de modo algum prosseguir exceto apelando, por assim dizer, para o socorro da natureza e nela confiando. Dizia comigo mesma que a monstruosa provação me impelia numa direção anormal — não apenas anormal como também desagradável, e que exigia, para que eu lhe opusesse uma frente serena, apenas um passe de tarraxa suplementar à humana virtude de todos os dias. Entretanto nenhuma empresa requeria maior tato do que essa, a fim de alguém suprir sozinho *toda* a natureza. E como eu poderia introduzir um só átomo dessa natureza, se era mister interditar qualquer alusão ao que acontecera? De outro lado, qualquer alusão não me levaria a um novo mergulho no obscuro abismo abominável? Pois bem: após algum tempo, fez-se ouvir uma espécie de resposta, cuja confirmação descobri na percepção aguçada do que havia de excepcional no meu companheirinho. Com efeito, parecia que ele descobrira, naquele mesmo instante (como tantas vezes fizera em suas horas de estudo), uma maneira nova e delicada de facilitar as nossas relações. Esse fato, que se manifestou em nossa solidão a dois com um brilho especioso jamais alcançado, não era porventura luz suficiente? Esse fato de que seria absurdo — pois a ocasião, a preciosa ocasião se apresentara! — menosprezar, junto de uma criança tão bem dotada, o auxílio que se poderia extrair da sua poderosa inteligência? Por que lhe fora concedida tal inteligência, se não para a sua própria salvação? Não seria lícito, para atingir o seu espírito, arriscar um golpe ousado sobre o seu caráter? Frente a frente na sala de jantar, era, literalmente, como se ele próprio me mostrasse o caminho. O assado de carneiro estava sobre a mesa, e eu dispensara os servidores. Miles, antes de sentar-se, ficou um instante de pé, as mãos nos bolsos, contemplando o assado, a propósito do qual parecia disposto a fazer algum gracejo. Mas o que disse foi o seguinte:

— Diga-me, querida, é verdade que ela está doente?

— A pequena Flora? Não tão doente que dentro em pouco não possa se sentir muito melhor. Londres lhe fará bem. Bly não lhe convinha. Vamos, coma o seu assado.

Ele obedeceu-me vivamente, pôs o prato à sua frente e, depois que se instalou, prosseguiu:

— Foi de repente que Bly ficou assim tão ruim?

— Não tão de repente como possa parecer. Já fazia algum tempo que a coisa ameaçava...

— Então, por que a senhorita não a fez sair antes daqui?

— Antes do quê?

— Antes que ela ficasse demasiado doente para viajar.

Respondi prontamente:

— Mas ela *não* ficou demasiado doente para viajar. Ficaria, permanecendo aqui. Foi o momento justo de partir. A viagem dissipará a má influência — oh, topete era o que não me faltava! — e apagará tudo.

— Estou vendo, estou vendo...

E por falar em topete, Miles também o exibiu, e magistral. Começou a refeição com aquele seu modo fascinante de "estar à mesa", que desde o primeiro dia em que cheguei me dispensou de qualquer admoestação vulgar sobre o assunto. Fosse qual fosse o motivo da sua expulsão do colégio, isso não se devia a que comesse mal. Hoje, como sempre, foi impecável, mas, indubitavelmente, mais afetado. Era evidente que tentava tomar como naturais mais coisas do que lhe era possível admitir sem explicação, e mergulhou num silêncio tranquilo, enquanto apalpava a situação. A refeição foi das mais breves. De minha parte, não passou de um simulacro. Fiz com que tirassem rapidamente a mesa. Durante esse tempo, Miles tornou a ficar de pé, as mãos nos bolsos, as costas voltadas para mim, a olhar pela janela através da qual, naquele dia pressago, eu percebera aquilo que devia fazer de mim uma mulher diferente. Permanecemos calados enquanto os criados estavam presentes — tão calados, pensei com ironia, como um jovem casal em viagem de núpcias, intimidado pela presença de um garçom. Miles só se voltou depois que o garçom saiu da sala.

— Muito bem... Enfim, sós!

XXIV

— Oh! Mais ou menos!

Imagino que o meu sorriso tenha sido um tanto pálido.

— Absolutamente — continuei. — Não gostaríamos disso.

— Não, não gostaríamos. Há os outros, naturalmente.

— Sim, há os outros; com efeito, ainda há os outros — assenti.

— E, embora os haja — tornou ele, ainda com as mãos nos bolsos e postado a minha frente —, não contam para nada, não é?

Fiz o melhor que pude, mas sentia-me exaurir.

— Isso depende daquilo que você quer dizer com esse "para nada".

— Sim...

E a seguir, num tom de extrema conciliação:

— Tudo depende disso...

Tornou a voltar-se para a janela, da qual se aproximou com um passo indeciso, nervoso, perturbado. Permaneceu algum tempo ali, a cabeça encostada na vidraça, na contemplação das moitas imbecis que eu conhecia e de todas as coisas melancólicas do mês de novembro. Eu tinha sempre à mão a hipocrisia do meu "trabalho", sob cuja proteção ganhei o sofá. Aí me instalei, procurando acalmar-me, como já o fizera seguidamente nos momentos de angústia que já descrevi — momentos nos quais eu sabia que as crianças se entregavam a qualquer coisa donde eu era excluída; e pus-me, docilmente como sempre, a aguardar o pior. Mas enquanto não despregava o olhar do menino, obstinadamente encostado à vidraça, uma impressão extraordinária se desprendeu daquelas costas voltadas: nada menos que a impressão de que eu cessara de ser excluída — impressão que em alguns segundos cresceu até alcançar uma grande intensidade e que se duplicou mercê da percepção de que, positivamente, agora era *ele* que estava excluído. O caixilho, os quadrados da grande janela, eram-lhe uma espécie de imagem de uma espécie de fracasso... Em todo caso, senti-o parado diante de uma porta aferrolhada: porta de entrada ou porta de saída? Ele estava admirável, mas não à vontade; percebi-o com um estremecimento de esperança...

Não estaria ele procurando, através da vidraça assombrada, qualquer coisa que não lograva enxergar? E em toda essa história, não era aquela a primeira vez que essa visão lhe faltava? Era a primeira, a primeiríssima — esplêndido presságio! Isso emprestava ansiedade à sua atitude, conquanto ele se vigiasse. Estivera melhor no decorrer da tarde, e mesmo à mesa, a despeito das suas graciosas maneiras habituais, fora-lhe preciso todo o seu estranho gênio infantil para mascará-la com um certo verniz... Quando afinal ele se voltou para me enfrentar, dir-se-ia que o gênio estava quase sucumbido.

— Muito bem, estou contente porque Bly *me* convém!

— Parece que nestas últimas 24 horas você viu em Bly muito mais coisas do que antes. Espero — continuei bravamente — que tenha se divertido!

— Oh! Sim, estive até bem longe... a léguas e léguas daqui... Nunca fui tão livre.

Realmente, tinha uma atitude toda sua, e eu só pude esforçar-me para me emparelhar com ele.

— E, que tal? Gosta disso?

Ele sorriu e pôs em três palavras uma profundeza maior do que seria possível conter-se em frase tão lacônica:

— E a *senhorita*?

Antes que eu tivesse tempo de aparar o ataque, continuou como se sentisse ter cometido uma impertinência que devia ser reparada:

— Nada pode ser mais amável do que a maneira pela qual a senhorita encara as coisas; pois naturalmente, na nossa solidão de agora, é a senhorita que está mais só. Mas espero — acrescentou — que isso pouco lhe importe.

— Como não hei de me importar, querido? — perguntei. — Embora eu tenha renunciado a exigir a sua companhia, de tal modo você está além de mim, dela desfruto infinitamente. Por que outra razão eu continuaria aqui?

Ele fitou-me mais diretamente, e a expressão de seu rosto, agora mais grave, impressionou-me como a mais bela que eu vira até o momento.

— Então só continua por essa razão?

— Certamente. Fico aqui como sua amiga e pelo grande interesse que lhe tenho, até que possa fazer alguma coisa que valha a pena. Não precisa ficar surpreso.

Minha voz tremia a ponto de me ser impossível dissimular o tremor.

— Não se lembra que eu lhe disse, quando fui sentar-me à beira de sua cama naquela noite de tempestade, que não havia nada no mundo que eu não fizesse por você?

— Sim, sim!

Cada vez mais nervoso, era-lhe mister dominar a voz. Todavia, mais hábil do que eu, podia rir-se a despeito da seriedade, fingindo que apenas gracejávamos.

— Sim... Só que eu pensava que a senhorita dizia aquilo para me levar a fazer alguma coisa que a *senhorita* queria...

— Era, em parte, para o levar a fazer uma coisa — assenti —, mas você bem sabe que não fez nada...

— Ah, sim! — exclamou ele com um ardor tão vivo quanto artificial. — A senhorita queria que eu lhe dissesse alguma coisa...

— Isso mesmo. Que me dissesse francamente, sem tergiversações, o que tinha na cabeça...

— Ah! Então foi por isso que ficou?

Ele falava com uma alegria através da qual eu ainda podia captar um sutil tremor de ressentimento. Não posso, porém, explicar o efeito de uma rendição implícita, por mais fraco que fosse. Era como se o que eu tanto desejara afinal chegasse apenas para me deixar atônita.

— Pois bem, agora tanto faz que eu limpe a alma. Foi precisamente por isso.

Ele ficou tanto tempo calado que supus que procurava a melhor maneira de destruir a esperança sobre a qual eu alicerçara a minha conduta. Mas o que disse foi simplesmente isto:

— Quer que eu lhe diga agora e aqui?

— Não pode haver nada melhor, nem como hora, nem como lugar.

Ele olhou em torno com um certo mal-estar, e eu tive a rara — e bem curiosa — impressão de que aparecia nele o primeiro sintoma da aproximação de um certo temor. Pareceu que, repentinamente, teve medo de mim, e esse era talvez o melhor sentimento que eu lhe podia inspirar. Entretanto, na própria angústia do meu esforço, foi debalde que tentei mostrar-me inflexível; pois logo em seguida ouvi-me dizer-lhe, com uma doçura que raiava pelo grotesco:

— Deseja tanto tornar a partir?

— Horrivelmente!

E ele me sorriu heroicamente, sua comovente coragem de criança acentuada pelo súbito rubor que era a revelação do seu sofrimento. Apanhara o chapéu, que trouxera ao chegar, e torcia-o de uma maneira que, no momento de eu tocar o porto, me encheu de um horror perverso pela minha ação. Praticá-la — fosse como fosse — era um ato de violência, pois não era violência inocular uma ideia grosseira e pecaminosa numa criaturinha indefesa que me revelara as possibilidades mais puras nas relações afetivas? Não era baixeza criar naquele ser tão raro um mal-estar absolutamente estranho a sua natureza? Creio agora ver, naquela situação, uma clareza que, na época, ela não possuía, pois me parece perceber os nossos pobres olhos já então iluminados por uma centelha de previsão da angústia porvindoura. Rodávamos num círculo, sobrecarregados de terrores e de escrúpulos, quais lutadores sem coragem de ir-se às mãos. Mas era pelo outro que cada um de nós dois temia! E isso nos fez permanecer mais algum tempo à espera e sem arranhaduras.

— Dir-lhe-ei tudo — disse Miles —; isto é, tudo quanto a senhora quiser. Fique comigo e tudo irá bem, e eu lhe direi... sim, lhe *direi* tudo. Mas não agora.

— Por que não agora?

Minha insistência afastou-o, levando-o mais uma vez para junto da janela. O silêncio entre nós era tão grande que se poderia ouvir a queda de um alfinete. Depois, ele veio de novo para mim, com o ar de alguém esperado lá fora por uma pessoa com quem era necessário contar.

— Preciso ver Lucas.

Nunca antes eu o havia constrangido a proferir uma mentira tão baixa, e por isso me senti invadida por uma confusão proporcional. Entretanto, por mais horríveis que fossem, essas mentiras concorriam para fazer brilhar a verdade. Pensativa, dei mais alguns pontos no meu tricô.

— Está bem: vá procurar Lucas, e eu fico à espera do que me prometeu. Mas, em compensação, satisfaça, antes de sair, um meu pedido bastante modesto.

Ele fitou-me, como se o sentimento do seu bom êxito ainda lhe permitisse regatear:

— Bastante modesto?

— Sim, uma simples fração do todo. Diga-me... — O trabalho preocupava-me e eu larguei de supetão. — Diga-me se ontem à tarde, da mesa do saguão, foi você que tirou... a carta que escrevi.

XXV

Minha percepção do efeito produzido por esta pergunta sofreu, no espaço de um segundo, o que só posso descrever como uma violenta ruptura da minha atenção, como um golpe que, primeiro, enquanto eu me punha em pé de um salto, me reduziu ao puro movimento cego de agarrá-lo, puxá-lo para mim e, procurando ao acaso um apoio sobre o primeiro móvel, mantê-lo instintivamente de costas voltadas para a janela. A aparição voltava a manifestar-se irremediavelmente. Peter Quint estava lá fora, qual uma sentinela diante de uma prisão. A segunda coisa que vi foi ele aproximar-se da janela do lado externo e, colando na vidraça o seu pálido rosto de condenado, dardejar para dentro da sala o seu olhar insano. Dizer que bastou um segundo para eu tomar uma resolução equivale a descrever grosseiramente o que então se passou dentro de mim; entretanto, creio que jamais mulher alguma naquele estado recobrou em tão pouco tempo o domínio de seus *atos*. No horror daquela presença próxima, veio-me ao espírito que, vendo e afrontando o que eu via e afrontava, a coisa indicada era impedir que Miles a percebesse.

A inspiração — não lhe posso dar outro nome — insuflou-me uma vontade transcendente. Era como se eu tivesse de dar combate a um demônio para salvar uma alma; e após pensá-lo, vi essa alma — que eu mantinha na extremidade de meus braços estendidos e trêmulos —, essa alma que era uma linda fronte de criança, orvalhada de suor. O rosto juvenil, encostado ao meu, estava tão pálido como o rosto colado na vidraça. Em seguida ouvi uma vozinha, de entonação não abafada nem fraca, mas como que provindo de longínquas regiões, que proferia as seguintes palavras, que hauri como um sopro embalsamado:

— Sim, eu a apanhei.

Então, com um gemido de felicidade, enlacei-o, abracei-o perdidamente, e, enquanto o mantinha junto ao seio, que sentia bater, na súbita febre do pequenino corpo, a formidável pulsação do seu pequenino coração, os meus olhos não se desviavam daquela coisa na janela, e a viam mudar, trocar de posição. Comparei-a a uma sentinela, mas o seu lento vaivém lembrava antes o rondar de uma fera frustrada. Minha coragem excitadíssima era tal que, para não me deixar arrastar, me foi mister, por assim dizer, ocultar minha chama. De novo o olhar sinistro lampejou na janela; decidido a espiar e a esperar, o miserável fitava-nos... Mas agora, segura de mim se o tivesse de afrontar, ao mesmo tempo positivamente convencida da inocência da criança, dei andamento ao interrogatório:

— Por que fez isso?

— Para ver o que a senhora dizia de mim.

— Abriu a carta?

— Sim, abri.

Eu afrouxara o abraço, e os meus olhos esquadrinhavam o rosto de Miles, onde, desaparecida a ironia, podia-se perceber até que ponto o mal-estar o devastava. Era prodigioso sentir, graças a minha vitória, os seus sentidos selados e a comunicação interrompida. Ele sabia que estava diante de alguma presença sem contudo saber qual fosse, e sabia ainda menos que eu também estava e que eu sabia. Mas que importava a sua perturbação, uma vez que, volvendo os olhos para a janela, não vi ali senão o ar transparente, pois graças ao meu triunfo pessoal, a má influência fora vencida! Não havia mais nada, e eu senti que a causa estava ganha e que agora a minha conquista seria *total*.

— E não achou nada! — exclamei num assomo de exultação.

Ele fez com a cabeça o aceno mais melancólico e pensativo de todos:

— Nada.

— Nada! Nada! — exclamei extasiada, quase gritando.

— Nada! Nada! — repetiu ele, tristemente.

Beijei-lhe tristemente a fronte empapada de suor.

— E que fez com a carta?

— Queimei-a.

— Queimou-a? — Vamos... ou é agora ou nunca! — Era isso o que você fazia no colégio?

Ah, a consequência dessas palavras!

— No colégio?

— Sim. Você apanhava cartas... ou outras coisas?

— Outras coisas?

Tinha o ar de quem pensava em qualquer coisa muito remota, que só o alcançava através do peso da sua ansiedade, mas que enfim o alcançou:

— Quer saber se eu *roubei*?

Senti-me enrubescer até a raiz dos cabelos, ao mesmo tempo que me perguntava o que seria mais estranho: se fazer tal pergunta a um *gentleman* ou ver que ele a acolhia com uma serenidade que dava a medida da sua decadência.

— Era por isso que você não podia voltar para o colégio?

Ele pareceu experimentar uma espécie de surpresa dolorosa.

— A senhora sabia que eu não podia voltar para lá?

— Sei tudo.

Ele me lançou um longo olhar, cheio de estranheza.

— Tudo?

— Tudo. Logo, você...?

Mas não pude repetir a palavra acusadora. Foi Miles quem o fez, com a maior simplicidade:

— Não, não roubei.

Pela minha expressão, ele deve ter compreendido que eu acreditava inteiramente no que dizia. Mas as minhas mãos, de pura ternura, o sacudiam como para lhe perguntar por quê, se não havia nada, ele me tinha condenado a todos esses meses de tortura.

— Então, que foi que fez?

Ele olhou a toda volta de si, do assoalho ao forro, com uma espécie de vago sofrimento; depois respirou, com esforço, duas ou três vezes seguidas. Dir-se-ia que estava no fundo do mar, tentando enxergar através do crepúsculo glauco...

— Bem, eu disse coisas...

— Foi tudo?

— Acharam que bastava.

— Para expulsá-lo?

Com efeito, nenhuma vítima de expulsão jamais se mostrara menos pródiga de explicações do que esse singular rapazinho! Ele pareceu pesar minha pergunta, mas de um modo desprendido, como que irresponsável.

— Bom, acho que não devia tê-las dito...

— Mas a quem as disse?

Ele experimentou recordar, mas renunciou; perdera a lembrança do acontecido.

— Não sei!

Chegou quase a sorrir-me no desolado sentimento da sua derrota, nesse instante praticamente tão completa, que eu devia ter parado ali. Eu, porém, me envaidecia, cega pela vitória, cuja consequência, longe de o aproximar de mim, só fazia acentuar a nossa separação.

— E dizia-as a todo mundo? — perguntei.

— Não. Somente a... — E abanou a cabeça com um ar cansado. — Não me lembro dos nomes.

— Eram então muitos?

— Não, eram poucos. Só aqueles de quem eu gostava.

Aqueles de quem ele gostava? Pareceu-me flutuar, não na claridade, mas numa treva mais obscura e, de repente, da minha própria piedade pelo rapazinho, surgiu-me a ideia horrível de que ele bem podia ser inocente. O enigma era confuso e insondável, pois se ele era inocente, meu Deus, que era *eu* então? Paralisada a esse pensamento, afrouxei o abraço e deixei-o ir. Com um profundo suspiro, ele se afastou de mim. Fitou a janela vazia — o que consenti sem protestar, sabendo que, daquele lado, nada mais havia a recear.

— E eles repetiram o que você lhes disse? — insisti, após um silêncio.

Ele já se achava a certa distância, respirando com dificuldade, e tinha voltado a assumir — mas desta vez sem cólera — aquele ar de alguém sequestrado contra a vontade. Uma vez mais — eu já o vira fazer isso —, contemplava a luz desmaiada, como se nada mais o sustentasse, exceto uma indizível ansiedade.

— Oh, sim! — não obstante isso, respondeu. — Devem tê-las repetido. Àqueles de quem *eles* gostavam — acrescentou.

Isso era menos do que eu esperava; mas voltei a insistir:

— E essas coisas chegaram aos ouvidos...

— Dos professores? Oh, sim! — respondeu ele simplesmente. — Mas eu não sabia que iriam contar...

— Os professores? Eles não... eles nunca contaram. É por isso que pergunto.

Ele voltou para mim o seu pequenino rosto febril.

— Sim, foi muito feio...

— Muito feio?

— Sim, aquilo que imagino ter dito algumas vezes. Muito feio para se dizer em Bly.

Não posso descrever o tom patético de contradição emprestado a tal discurso por tal interlocutor. Só sei que, imediatamente depois, declarei com uma ingênua ênfase:

— Asneiras e tolices!

Mas logo readquiri um tom austero para perguntar:

— E que coisas eram essas?

Minha severidade dirigia-se, toda ela, a seus juízes, seus algozes. O resultado, entretanto, foi ele tornar a rechaçar-me. A isso, dei um pulo e, soltando um grito irreprimível, saltei sobre ele. Pois lá estava outra vez, de encontro ao vidro, como que para esterilizar-lhe a confissão e atalhar a resposta, o rosto pálido da maldição. Perante essa negação de minha vitória, esse reinício de batalha, senti uma vertigem de náusea, de modo que a ferocidade do meu assalto só serviu para me trair completamente. Em pleno ato, vi que ele não compreendia, exceto por adivinhação, aquilo que me perturbava; e convencida de que, naquela mesma hora, ele estava reduzido a adivinhar a cena (pois a seus olhos a janela continuava livre), deixei o impulso arder como uma chama a fim de converter o apogeu do seu terror na própria prova da sua libertação.

— Nunca mais, nunca mais, nunca mais! — gritei para a aparição, ao mesmo tempo que me esforçava para estreitar o garoto nos braços.

— Ela está *ali*?

Miles ofegava, enquanto, com os olhos selados, seguia a direção das minhas palavras. Depois, tendo o estranho pronome "ela" me transtornado ao ponto de eu o repetir, fora de mim, como um eco, Miles, presa de um súbito furor, me respondeu:

— Srta. Jessel! Srta. Jessel!

Estupefata, de repente compreendi o que ele queria dizer: supunha uma reedição da conduta que tivéramos com Flora. Isso não concorreu senão para aumentar em mim o desejo de mostrar-lhe que era ainda melhor.

— Não é a srta. Jessel! Mas ele está ali, na janela, bem a nossa frente. Está *ali*, o covarde, pela última vez!

A essas palavras — após uma pausa momentânea, em que a sua cabeça imitou o movimento do cão logrado que perde a pista —, toda a sua pessoa foi sacudida por um estremecimento frenético, como que para obter a todo custo um pouco de ar e de luz. Depois, num surdo acesso de raiva, atirou-se a mim, desesperado, lançando debalde por todos os lados olhares esgazeados, sem contudo encontrar em parte alguma (embora, para mim, ele enchesse a sala com o seu veneno) a enorme presença dominadora.

— É *ele*?

Eu estava agora tão resolvida a obter a prova inteira que me transformei numa estátua de gelo para o desafiar.

— A quem se refere?

— A Peter Quint! Ah! Demônio!

Seu rosto dirigia a toda a sala a súplica convulsa:

— *Onde* está?

Ainda ouço ressoar em meus ouvidos a suprema repetição do nome fatal e a homenagem rendida a minha dedicação.

— Que importa isso agora, meu tesouro? Que importa de hoje em diante? Você é meu, e ele acaba de perdê-lo para sempre — lancei em direção ao imundo animal. Depois, para completar a demonstração da minha obra, gritei para Miles: — Ali! *Ali!*

Ele porém se sacudira de meus braços e, com os olhos esgazeados, via apenas o dia tranquilo. Sob o golpe daquela ruptura, que tanto me orgulhava, lançou um grito de criatura atirada a um abismo, e a força com que o agarrei teria indubitavelmente podido ampará-lo na queda. Agarrei-o, tinha-o bem seguro — podeis imaginar com que paixão. Mas ao cabo de um minuto, comecei a perceber o que realmente eu tinha nas mãos.

Estávamos sós na serenidade do dia, e aquele pequeno coração, enfim liberto, cessara de bater.

Direção editorial
Daniele Cajueiro

Editora responsável
Ana Carla Sousa

Produção editorial
Adriana Torres
Carolina Rodrigues

Revisão
Luana Luz de Freitas
Luisa Suassuna

Capa
Thiago Lacaz
Leonardo de Vasconcelos

Diagramação
Filigrana

Este livro foi impresso em 2019
para a Nova Fronteira.